KB059815

산책 안에 담은 것들

산책 안에 담은 것들

지은이   이원
펴낸이   박숙정
펴낸곳   세종서적(주)

주간   강훈
기획·편집 이진아 김하얀
디자인   전성연 전아름
마케팅   안형태 김형진 이강회
경영지원   홍성우

출판등록   1992년 3월 4일 제4-172호
주소   서울시 광진구 천호대로132길 15 3층
전화   마케팅 (02)778-4179, 편집 (02)775-7011
팩스   (02)776-4013
홈페이지 www.sejongbooks.co.kr
블로그   sejongbook.blog.me
페이스북 www.facebook.com/sejongbooks
원고모집 sejong.edit@gmail.com

초판 1쇄 발행 2016년 9월 30일
    2쇄 발행 2017년 8월 1일

ISBN 978-89-8407-584-9 03810

이 도서의 국립중앙도서관 출판예정도서목록(CIP)은 서지정보유통지원시스템
홈페이지(http://seoji.nl.go.kr)와 국가자료공동목록시스템(http://www.nl.go.kr/kolisnet)에서
이용하실 수 있습니다. (CIP제어번호: CIP2016022622)

• 잘못 만들어진 책은 바꾸어드립니다.
• 값은 뒤표지에 있습니다.

산책 안에
담은 것들

이
원

산
문
집

내 안의 빛,
엄마에게

이원 시인과 나는 대학 시절, 학교 주변인 명동 일대를 참 많이 돌아다녔다. 가끔 그 시절을 뒤돌아보면 언덕을 오르거나 내려가고 있는 우리 두 사람의 모습이 흑백사진처럼 보였다. 그때 우리는 참 풋풋한 때였기에 많은 것들을 대면하면서 웃었고 또 울었었다.

이 한 권의 책에 기록된 '한 시인의 산책의 역사'를 읽다가 이원 시인의 산책 길에 어느 정도 나도 함께했었구나 하는 사실을 알았다. 그의 그동안의 안부를 그가 그동안 산책했던 길을 따라가며 들을 수 있었고, 우리가 그동안 얼굴을 덜 보며 살았더라도 그것이 각자의 산책으로 겹쳐지고 마주쳤다는 사실에 한참을 행복했다. 우리는 같은 시인의 처지여서 그것이 가능했던 것 같다.

내가 주목한 것은, 산책이 얼마나 이 한 사람을 이롭게 했는가……였다. 아니나 다를까. 이원 시인의 세련된 산책은 어쩌면 이 빈곤한 도시 자체를 어루만지고 있다는 느낌. 그의 느릿느릿한 보폭이 그저 이 막막한 이 시대의 장막들을 위무하고 있다는 느낌.

우리는 누구나 아프지만 그 아픔을 표시 내지 않을 권리가 있고, 그로 인해 성숙한 자격을 가질 수 있다. 그런 면에서 산책은 압도적이면서 창조적인 생활방식이다. 스스로를 타이르고 덜 이기적인 곳으로 이끌기에는 그만한 것이 없다.

'기억을 산책하는 일은 미끈한 계란 위를 연속해서 딛는 것과 같'아서도 걸으며, 우리한테 '날개가 없이 날 수 있는 몸만이 가진 흔적이 있'어서도 걷지 않는가.

산책은 들뜬 몸을 말리고 푸석해진 마음을 적시는 의식이다. 외부적으로는 꽃이 와 닿고, 내부적으로는 바람이 도착한다는 면에서 그만큼 간절한 의식이라는 사실을 이 한 권의 책은 알려주지 않는가.

슬프되 감정에 빠지지 않으며, 이상을 바라되 그것이 헛된 것이 아니라는 사실을 알기 위해 우리는 걸어야 한다. 걷지 않고 무엇을 한단 말인가.

새벽에 일어난다. 새벽을 보는 즐거움이 크다. 인간의 움직임이 개입되지 않은 시간. 어둠과 밝음이 마지막 몸을 바꾸는 순간에 흰빛이 있다. 한 겹으로 내려앉은 눈을 닮은. 모든 것이 담긴 하나의 눈을 닮은. 새벽에서 푸른빛을 보던 날들이 있었다. 이제는 흰빛을 본다. 창을 사이에 두고 흰빛과 마주할 때, 나는 어딘가를 내내 걸어와 세계에 막 도착한 느낌이 든다. 세계와 처음 만나는 느낌이 든다. 슬프고 설레고 고요하다. 매일 반복되는 이것. 매혹이다.

인간이라는 생물로 지상에 와서, 내내 매혹되어 있는 것이 '산책'이다. 내게 산책은 새벽을 향해 걷는다, 새벽을 대면한다와 같은 뜻. 산책은 나를 간명하게 만들어준다. 간명해진 몸으로 삶 속에 머물게 하며 빛이 사라지지 않게 해준다. 산책은 희망이다. 어느 순간에도 나를 돌보는 손길을 거두지 않는 엄마처럼, 아픈 희망이다.

산책 예찬, 또는 산책에의 매혹이 어떻게 계속 지속되느냐고 묻는다면, 나를 벗어나는 나를 만나게 되기 때문이라고 말하고 싶다. '목적 없이 걷기'는 내가 나를 벗어나는 행위의 반복. 목적을 갖고 있지 않으므로 목적 없이 반복. 유용에서 무용으로, 일상에서 일상 너머로 걸어보기. 벗어났다 다시 일상이라는, 유용이라는 제자리로 돌아오기. 산책은 매일 떠나는 여행.

다만 걷기. 나를 벗어나는 두 발이 있다. 걸을 때 생각은 생각의 독자 노선으로 멀리 멀리 간다. 산책의 권리는 생각과 두 발이 '따로 또 같이' 갖는다. 이 분리, 이 사용법은 인간에게 내려진 축복 또는 히든카드.

산책하지 않았다면 더 훼손되었을 것이다. 엉킬 때, 가벼워지고 싶을 때, 종이비행기를 날리듯 어떤 것을 잊고, 잊고 싶을 때, 고요해지고 싶을 때, 최종의 결심은 '산책하자'이다. 산책을 위해 필요한 것이 무엇이냐고 한다면 무작정 걷기 시작하라는 싱거운 대답. 지도를 들고 길을 잃어버리는 재미. 삶과 산책의 닮음.

공간과 시간 산책이며 마음과 생각 산책이기도 한 이 글들은 대부분『한국문학』에 2년간 연재했던 것이다. 그때로부터 6년 정도 시간이 지났다. 최근에 쓴 몇 편도 들어 있어 글과 글 사이의 시간이 순차적이지 않고 겹쳐지기도 한다. 쓸 때와 다르게 바뀐 이름들, 없어지거나 변화된 공간들도 있다. 지금을 기준으로 고칠까 생각해보기도 했지만, 시간의 흔적이므로, 그냥 두기로 했다.

기억에서 오늘까지 서늘한 산책자가 되어준 이병률 시인께 고마움을 전한다. 책을 묶어준, 가까운 인연, 세종서적의 박숙정 상무께 마음을 전한다. 세세한 손길, 정은미 에디터께도 감사를 드린다.

"내 발 속에 당신의 두 발이 감추어져 있다"(「사랑 또는 두 발」). 이런 시 구절을 쓴 적이 있다. 당신의 발이 들어 있는 발은 내 발인 동시에 당신의 발이다. 이 시는 "당신의 두 발이 걸을 때면/어김없이 내가 반짝인다 출렁거린다/내 몸이 쓰라리다"는 구절로 끝난다. 산책은 이런 것이다. 내 발 속에 당신의 발이 들어 있다는 것을 아는 것. 그 발로 걸어보는 것.

2016년, 가을

이원

차
례

어쩌면, 가능할지도 모를 ,산책,

산책을 좋아한다. 산책이 목적이 없는 걷기와 바라보기와 생각하기를 가능하게 하는 것은 일정한 패턴과 현실의 유용성을 벗어나기 때문이다. 산책은 느리게도 빠르게도 걷게 하며, 보이지 않던 것을 골똘히 들여다보게도 만들며, 느닷없는 곳에서 아무런 이유도 없이 한동안 머무르게도 만든다. 한순간에 오래된 시간을 불러오기도 하고 끝내 오지 않을 시간과도 만나게 한다. 산책은 심장의 박동을 벗어나는 이상한 힘을 가지고 있다. 기능을 탈각한 시간과 공간을 만나게 하는 신비로운 자장을 가지고 있다. 그러므로 산책은 한가로운 시간인 동시에 뜨겁고 깊은 시간이다. 산책을 좋아하고 산책을 하면 용기가 생겨나는 나는 아무래도 조금 '더 먼 곳', 조금 '더 안쪽'에 대해 알고 싶어 하는 것 같다. 모든 유용성을 제거해가도, 모든 과장을 제거해가도 끝내 없어지지 않는 '최소한의 무엇'을 알고 싶어 하는 것 같다. 무목적의, 무방비의 시간과 공간 속에, 끝내 없어지지 않는 최소한의 무엇이 있다고 믿는 것 같다. 그곳에서 나는 훼손되지 않은 원형을, '불생불멸(不生不滅)'의 자리를 만나고 싶어 하는지도 모른다. 그러나 '먼 곳'을 '안쪽'을 생각할수록 점점 모르겠다. 점점 모르겠으니까 자꾸 더 알고 싶은 나는 길을, 기억을, 당신을, 몸을, 언어를 걷고 또 들여다볼 수밖에 없다.

사이

시간: 흐르는 것이라고 믿는 것과 흐르지 않는 것이라고 믿
는 것 사이. 공간: 채워지는 것과 비어 있는 것 사이. 또는 사
라지는 허공과 나타나는 허공 사이.

사이는 언제 메워질까. 사이 안에 다 있다. 사이가 사라지
면 시간도 공간도 욕망도 당신도 사라질 것이다. 사이가 사라
지면 삶과 죽음이 바로 옆이었다는 것을, 모든 언어는 하나의
뜻이었다는 것을 알게 될 것이다.

사이가 사라지면 멈춘다. 그 자리에서 썩기 시작한다. 어떤
사람들은 사이를 꿈이라고 희망이라고 삶이라고 부르고, 어
떤 사람들은 사이를 결핍이라고 환영이라고 부재라고 부르기
도 한다.

얼굴과 얼굴 사이

몇 장 되지 않는 얼굴 사진과 느닷없이 맞닥뜨릴 때, 나는 어딘가에서 어딘가로 흘러왔다고 여겨진다. 얼굴은 조금씩 변했다. 시간이 쌓였다. 그런데 정작 내가 그 시간을 통과했는가, 지나왔는가가 희미하다. 열두 살에는 죽은 아버지가 들어 있는 상여 옆에서 소복을 입고 통곡이라는 것을 해보기도 했고, 스무 살 무렵 몇 년 동안에는 일주일에 5일은 명동의 이른 아침과 늦은 밤의 같은 길을 걸어 다녔고, 끝나지 않을 것 같은 긴 생처럼 병원의 복도에 발을 질질 끌던 해도 있었다. 그런데 사라진 그 시간들을 경험했다고 말할 수 있을까. 남아 있는 기시감 같은, 몇몇 기억이라는 것을 내가 경험한 시간이라고 말할 수 있을까. 내 것이 맞기는 한 것일까. 그렇다면 나는 존재하기도 하는 것일까. 흐르고 있다고 느끼는 얼굴과 얼굴 사이는 얼마나 먼 것일까. 그것은 시간이 맞을까. 시간은 일정하게 흐를까. 나는 시간일까.

어린 얼굴에서 늙어가는 얼굴의 방향을 왜 미래라고 부를까. 오지 않은 미래의 얼굴에 '늙어간다'라는 언어가 서 있다면, 미래는 무엇일까. 아직 오지 않은 시간은 가장 매혹적인 시간인데, 왜 그 얼굴을 '늙어간다'라고 말할까. 태어나고 자라고 다시 소멸해가는 방향을 '자연(自然)'이라고 하는데, '자연'은 '그 스스로 그러하다'는 자족(自足)의 방향을 이미 내장하고 있다는 것인데, 그렇다면 그곳은 가장 끝이 아니라 가장 처음은 아닐까. 처음으로 돌아가는 것이라면, 처음부터 시작되는 시간이 다시 있는 것일까. 시간이 과거—현재—미래라고 불리는 일목요연한 것이 아니라면, 시간은 존재하지 않는다면, 환영이라면, 보르헤스의 명명대로, 나고 살고 소멸해가는 모든 모습이 동시에 들어 있는 '알렙'이라면, 죽음과 삶도 나눠진 것이 아니라면, 더욱 그것은 너도 아니고 나도 아닌 것이라면.

비어 있는 곳이 있고 그곳을 채우는 것들. 오래된 돌담. 기원전에 세워진 신전. 닳고 닳은 그것을 시간이라고 부르지 않는다면 무엇이라고 부를까.

비어 있는 곳이 있고 그곳을 채우는 것들. 비어 있는 곳을 공간이라고 부르고 그곳을 채우는 것들을 시간이라고 부른다면, 그러나 태어나는 순간 사라지는 것이 시간이라면, 사라지지 못하는 시간은 무엇이라고 불러야 할까.

왼발 그리고 다시 오른발

걷는다. 오른발을 내밀고 다시 왼발을 내민다. 또는 왼발을 내밀고 다시 오른발을 내민다. 이 반복. 이 단순한 행위에 '앞으로'를 붙인 것은 인간이다. '앞으로'의 방향이 생긴 순간 '미래'라는 시공간이 들어선다. 대부분 미래를 곧 닿을 곳이라고 생각하지, 끝내 오지 않을 수도 있는 곳이라고는 생각하지 않는다. 아니 생각하지 않는 척한다.

걷는 다리는 간명하다. 단호하지도 않다. 걷는 모습을 전체적으로 보고 있으면 허술하다. 걷는 다리에는 아무것도 들어 있지 않다. 욕망도 없다. 다리는 그저 어긋나는 행위를 반복할 뿐이다. 그러나 사람들에게서 얼굴을 떼어내고, 다리만을 쳐다보면, 일종의 호소처럼 보인다. 이렇게라도 반복하지 않으면 존재하지 않게 될 거라는.

시간에게 역사의 알리바이를 부여하기 위해 만들어진 '길'은 끊임없이 자신으로부터 탈주하는 방식으로 제 존재를 증명한다. 길의 이 기이한 자기 증명 놀이.

공간을 사라지게 하는 방식을 통해 다시 공간이 들어서게 하는 방식, 시간이 사라지게 하는 방식을 통해 다시 시간이 들어서게 하는 방식, 걷기. 오른발과 왼발 사이, 당신과 나 사이.

돌이킬 수 없는

　당신과 나의 어깨가 닿을 듯 말 듯한 거리. 당신과 나의 숨
소리가 들릴 듯 말 듯한 거리. 끝내 없어지지 않는 사이, 그곳,
그 시간, 당신.

　오지 않은 시간에 먼저 가보는 것. 한 번이고 두 번이고 세
번이고 가보는 것. 있지도 않은 시간에 가보는 것. 그보다 먼
저 그의 먼 시간에 가보는 것. 가서 살이 타고 뼈가 타는 것을
경험하는 것. 그리고 혼자 간 길을 혼자 돌아오는 것, 사랑의
안쪽.

　사이는 사랑이다. 채워도 채워도 비어 있는 것, 주어도 주
어도 모자라는 것이 사랑이다. 채우지 않으면 비어 있는 곳도
없으니, 주지 않으면 모자라는 것도 없으니 채우기 시작하면
서 비로소 탄생하는 공간. 주기 시작하면서 비로소 결핍되기
시작하는 시간, 사랑. 사랑은 나를 사라지게 한다. 사랑은 내
가 사라질 때만 지속된다. 당신의 손이 먼저이고 당신의 안색
이 먼저이고 나는 점점 사라진다. 내가 사라질 때만 나타나
는, 내가 부재할 때만 계속되는 순간. 당신을 통해서만 내가

사는 것. 사랑의 방향, 그리고 시간의 방향.

　감추는 시간에서 더 이상 감출 수 없는 시간이 될 때, 어둠
이 밝음으로 바뀔 때 사랑이 탄생한다. 빛이 쏟아지는 거리에
사랑은 나타난다. 사랑은 터져 나온다. 양수처럼, 날아오르는
새처럼. 거기 사랑이 존재한다. 사랑이라는 돌이킬 수 없는
한순간, 그것은 어둠 속이 아니라 밝음 속에, 감추어진 곳이
아니라 감추어질 수 없는 곳에 존재한다. 당신이 사라져도,
사랑이 계속될 수 있는 것은 '돌이킬 수 없는 한순간', 그 간절
한 미완(未完)이 당신이기 때문이다.

사이는 사랑이다. 채워도 채워도 비어 있는 것,

주어도 주어도 모자라는 것이 사랑이다.

돌이킬 수 없는 순간을 돌이키는

　관광이 아닌 여행은 산책자의 발걸음을 가진다. 어느 여행
지에서 아주 느리게 걷는 나를 발견한 적이 있다. 그때 나는
놀랍게도 몸을 꼿꼿이 편 채로 행선(行禪)하는 사람처럼 걷고
있었다. 발은 한 번에 바닥에 닿지 않고 나누어져 천천히 닿고
있었다. 나는 몸의 중력과 속도를 벗어나는 발의 호흡이 전혀
불편하지 않았다.

　여행은 미래의 시간을 산책하는 것이다. 미래의 시간에 가
닿음으로써 자신이 머물던 현재의 시간은 빠르게 기억의 시
간이 된다. 현재를 기억의 시간으로 돌려놓는 것, 그것이 여
행이다. 그래서 여행에서는 자신이 그토록 격렬하게 부대끼
던 현재를 조금은 여유롭게 바라보게 되고 고통스럽다고 느
꼈던 순간을 열어보게도 한다. 여행에서 돌아온 지 얼마 안 되
는 사람들의 얼굴에는 천진(天眞)이 들어 있다. 평화가 들어
있다. 미래에서 다시 과거로 돌아오는, 돌이킬 수 없는 순간
을 돌이키는 경이로운 체험이 얼굴을 그렇게 만드는 것이다.

더 북쪽

"빛이 사라지면 너에게 갈게." 매혹적인 영화 〈렛미인〉의
카피. "태양 아래에서 밤을 기다려." 아득하고 가득한 영화 〈북
극의 연인들〉의 대사. 이상하게 이 문장들을 보면서, 들으면서
용기가 났다. 모험심이 생겼다. 낯선 시공간이 탄생했다.

북쪽의 나라에 서 있던 한순간이 있었다. 흐린 오후, 가볍
게 모퉁이를 돌고 있는 길을 보고 있는데, 그 길은 사라지고
있어도 가득했다. 극단에 가 닿는 것은 사라지고 있어도 가득
하다는 것을 알게 되었다. 그 길을 본 후부터 '더 북쪽'에 가보
고 싶다는 생각을 한다. 이것은 내 안에 '극단'에 닿아보고 싶
은 욕망이 있다는 증거일 것이다. 최소한의 언어까지 가보고
싶다는 욕망이 있다는 증거일 것이다.

내가 가보고 싶은 극단은 격렬한 충돌이나 전복을 통해서
가는 곳이 아니다. 아주 천천히 고요하게 가는 방식으로서의
극단이다. 과장을 제거해가는 방향으로의 극단이다. 모든 것
을 제거해도 끝내 없어지지 않는 최소한의 무엇, 언어 속에도
삶 속에도 내 속에도 그것이 있어야 한다. 그것을 알고 싶은

내게 북쪽의 나라에서 만난 그 길은, 빛이 사라지는 곳으로 걸어도 사라지지 않을 거라고, 태양 아래에서 기다리는 것은 빛이 아니라 밤이라고 알려주었던 것이다.

극단에 가 닿을 수 있을까. 극단은 벼랑일까. 가장 먼 안쪽일까. 내게서 가장 멀어 내게서 가장 깊은 곳이기도 할까. 거기는 깜깜할까. 거기서는 고독할까. 고독이 가득해 더 이상 고독하지 않을까. 극단을 생각하면 오욕칠정이 지워져가고 나는 점점 조그맣게 줄어든다. 마치 내가 '최소한의 그 무엇'인 것처럼.

물꿈

강 가까이 살면서 물꿈을 꾼다. 내가 꾼 꿈 중에 가장 아름답고 섬뜩한 꿈. 나는 높은 난간을 걷고 있다. 아득한 아래로 강이 보인다. 갑자기 내가 신고 있던 금빛 구두 한쪽이 강물로 떨어진다. 구두를 가져오려면 내가 강물로 뛰어들어야 하는데, 그러면서 강물을 보는 순간, 내 구두 옆으로 파란 신발 두 짝이 떠온다. 나는 '저 사람은 죽었나'라는 생각에 사로잡힌다. 스스로에게 그 질문을 하는 나는 두렵다고는 느끼지 않는다. 저렇게 깊고 투명한 강은 처음이라고 느낀다. 강물로 색색의 신발들이 둥둥 떠다니는 것을 본다. 가보지 않은 갠지스 강의 이미지라고 느낀다. 꿈을 깨고 나서도 몸에 강물의 깊이와 투명함이 선명하게 느껴졌다. 몇몇에게 물꿈 얘기를 하니 각각 해석이 달랐는데, 해석과는 무관하게 강물이 내 안에서 보일 때가 있다. 신발이 꽃잎처럼 둥둥 떠다니던, 한없이 투명하고 깊던 그 강물이 감은 눈 안에서 보일 때가 있다.

다시 물꿈. 나와 h는 같은 배에 나란히 앉아 가고 있다. 우리 앞의 강물 속으로 잘린 머리들이 열매처럼 다닥다닥 붙어 있다. 표정이 지워지지 않았다. 두 개씩, 세 개씩 붙어 있다.

나는 앞으로 펼쳐진 그 광경을 보다 큰 소리로 울음을 터뜨린다. h는 울지 않는다. 입을 꼭 다물고 바라볼 뿐이다. 우리는 강 속에 도착한다. 강 속의 물에 책꽂이가 하나 있다. 책들은 물에 젖지 않았다. h와 나는 책을 펼쳐보며 책 속의 글씨를 골똘하게 들여다본다. 글씨는 보이지 않는데 h와 나는 그 뜻을 안다고 느낀다.

처음에는 이 두 물꿈을 두고, 신발이 나오는 꿈은 삶에 대한 은유로, 머리가 나오는 꿈은 죽음에 대한 은유로 생각되었다. 그러나 어느 날부터 신발이 나오는 꿈이 내가 죽음에 대해 가지고 있는 은유인지도 모른다는 생각을 하게 되었다. 물속에서도 표정을 지우지 못하는 꿈이 삶에 대해 내가 가지고 있는 은유일 수도 있다고 생각되었다. 그렇게 생각이 되니 어떤 때는 슬프기도 하고 어떤 때는 담담해지기도 한다.

가장 슬픈 말, 불생불멸

『반야심경』을 외웠던 시간이 있다. 반야심경 260자. 쓰기
도 하고 소리 내서 읽기도 했다. 불생불멸 불구부정 부증불감
(不生不滅 不垢不淨 不增不減)……. 불생불멸, 이 말을 발음하
는데 알 수 없는 슬픔이 느껴졌다. 부정도 긍정도 담겨 있지
않은 채로, 그냥 슬펐다. 그러니 더 슬펐다. 나지도 않으니 죽
지도 않는다니, 죽지도 않는다가 아니라 나지도 않는다는 말
에 걸렸다. 그러나 이상하게도 한계에 가까워지거나 한계를
넘는 일이 생길 때, 불생불멸이라고 혼잣말을 하면 오욕칠정
이 가라앉았다. 체념이 아니라 무엇인가가 원래대로 복원되
는 그런 느낌. 불생불멸이라는 말 안에 원형이 존재한다는 것
일까, 궁금해졌다.

계속 울던 날들이 있다. 울어도 울어도 눈물이 계속 나올
수 있다는 것이 신기했다. 자신의 눈물이 자신을 위로할 수 있
다는 것을, 보호막이 되어줄 수 있다는 것을 알았다. 몇 달을
울었는데 9kg이 빠지고 눈물은 마르지 않았다. 그때 알았다.
내 먼 안쪽에 훼손되지 않은 고통과 슬픔이 존재한다는 것을.
부정도 긍정도 방향도 인과도 가지지 않은 그 자체로 온전한

고통과 슬픔이 존재한다는 것을.

　도쿄에서 아주 먼 남쪽인 야쿠시마의 폐촌에서 자연적 삶을 실천하며 살았던 일본의 시인 야마오 산세이는 아내가 죽은 뒤 조각가이며 서예가인 친구로부터 도자기로 만든 풍경(風磬) 하나를 선물 받는다. 한쪽에 불생불멸이라는 글자가 새겨져 있는 그것을 그는 아내의 사진 아래에 건다. 그랬더니 마치 기다렸다는 듯이 바람이 불어와 풍경이 울리고 "그때 나지도 않고 죽지도 않는다는 불생불멸이라는 글자가 빛을 내며 내 가슴으로 스며들어왔다"고 한다. 그때까지 두 번 아내의 뼈를 먹은 적이 있는데, 가장 중요한 부분을 먹기가 꺼려졌던 그는, 그날 밤 제일 중요한 부분인 아내의 두개골을 조금 떼어내어 먹는다.

　나는 그의 에세이를 읽으면서, 불생불멸이라는 언어가 경험되는 유사성에 놀랐다. 그리고 죽은 아내의 뼈를 먹는 그의 내부를 이해할 수 있었다. 그에게도 나에게도 가장 슬픈 말. 인간인 내가 들은 가장 슬픈, 나를 나로부터 가장 멀리, 나를 나로부터 가장 안으로 데려다주는 말.

붉고 미끈거리는

하나, 둘, 셋……다섯……아홉……지금까지 걸었던 길을 세다가 자꾸 숫자를 놓친다. 오른발, 왼발, 오른발, 왼발…… 왼발……발을 바꾸다 자꾸 멈춘다. 낮, 밤, 낮, 밤, 눈을 뜨고 눈을 감다 자꾸 낮과 밤을 놓친다. 지독하게 어두운 낮이 있고 지독하게 환한 밤이 있다. 내가 낮과 밤과 섞이지 않는다. 나는 오른쪽 눈 대신 울음을 끼고, 왼쪽 눈 대신 타들어가는 빛을 끼고, 낮과 밤의 얇은 테두리를 돌며 '막 달아나는 흉내를' (이상, 「꽃나무」) 낸다.

지금, 이 이상한 시공간에 산책자인 내가 서 있다.

장난감의 시간, 보물의 시간

요즘 애들은 '홍대 앞'으로 간다. 나는 요즘 애들도 아닌데, 하면서 홍대 앞에 자주 간다. 아니 그런 생각도 거의 안 하고 홍대 앞에 자주 간다. 집에서 걸어서 10분 안에 닿는 홍대는 내 '나와바리'인 것. 별것이 아닐 수도 있지만 홍대로 가는 여러 길을 알고 있다. 내 방식으로 가는 코스가 여럿이다. 꼽아 보지 않았지만 단숨에 열 가지 정도는 쭉 얘기할 수 있다(원래 슬리퍼 끌고 다닐 수 있는 나와바리에 대해 갖는 자부심이란 이런 것이다).

천천히 홍대로 가고 싶을 때는 한강을 따라 걷다 절두산 성지를 가로질러 간다. 좀 드라마틱하게 가고 싶을 때는 당인리 발전소를 지나 주택가 골목을 꼬불꼬불 지나 완도김밥 골목으로 들어간다. 또는 완도김밥 골목으로 들어가지 않고 조금 더 위로 올라가 중고 음반과 헌책이 커피와 물물교환되는 커피집 시연을 지나 튀김집 바(bar),삭 쪽으로 올라간다. 아예 신촌 로터리 쪽으로 가다가 언덕 위의 점집 별상장군 앞에 잠시 멈추었다가(이름이 강력하니까) 미술학원이 즐비한 골목으로 들어가기도 한다. 서강초등학교를 지나 홍대 뒷산인 와우산을 넘어가기도 한다. 상수역 1번 출구에 있는 파리바게뜨 앞에서 오른쪽으로 살짝 몸을 틀기도 하고 가벼워지고 싶을 때는 파리바게뜨 쪽으로 몸을 트는 대신 횡단보도를 건너 극동전기 앞을 지나(왜 전기 자재, 동력공사라고 써진 오래된 이 가게를 지나면 즉각적으로 가벼워지는지 모르겠다) 기타 공방 G-cat을 지나 주차장 골목으로 들어간다. 그러면 '조폭떡볶이'가 보인다. 아, 홍대, 내 나와바리 맞다!

홍대 앞 놀이터

이른 아침의 홍대에도 있어봤고 늦은 저녁의 홍대에도 있
어봤고 새벽에도 한낮에도 오전에도 오후에도 있어봤다. 발
디딜 틈 없는 금요일 밤에도 있어봤고 명절에도 있어봤다. 여
럿이서 또는 둘이서 밥도 먹었고 술도 먹었고 차도 마셨고 전
시도 봤다. 혼자 오래 앉아 있어도 봤고 혼자 몇 시간이고 계
속 걸어 다니다 왔던 곳에 몇 번씩 다시 돌아오기도 했고 극동
방송국으로 가는 길에 있는 오래된 음반가게인 Record Forum
앞에서 누군가를 울리던 밤도 있었다.

어느 시간이든지 홍대 앞의 골목을 걸으면 '해방!'된다. 생
은 더 비딱해져도, 어긋나도 괜찮겠다는 용기가 생겨난다. 무
모한 용기가 생겨난 발로 골목을 걷는다. 홍대 앞의 골목은 골
목마다 걷는 속도를 다 다르게 하는 이상한 힘을 가지고 있다.
현실을 비현실로 만들어주는 이상한 무중력, 또는 비현실을
현실로 만들어주는 이상한 중력. 사람들로 북적거릴 때도, 인
적이 뜸할 때도 홍대 골목은 아주 환하지도 아주 깜깜하지도
않다. 공기가 땅까지 가라앉지 않는다. 홍대는 '중도(中道)'의
이미지 속에 있다. 해방의 이미지로 만들어진 중도! 홍대 앞
은 홍대 앞만의 중력을 또는 무중력을 갖고 있는 것일까.

서로 어깨가 닿을 듯한 거리에서 그러나 어깨가 닿지 않고 소곤거린다.

문화에 대한 또는 문화라는 최소한의 예의.

베이컨브로콜리닭찜

홍대 앞에는 미술학원, 클럽, 스튜디오, 갤러리, 화방, 오래된 소극장이 있다. 그리고 카페와 음식점은 이들보다 훨씬 많다. 그러나 이런 것은 다른 곳에도 있다. 서울에서 더 세련된 카페는 청담동에, 갤러리는 인사동과 사간동에, 소극장은 대학로에 더 많다. 그런데 왜 요즘 애들은 홍대로 올까. 왜 요즘 애들 아닌 많은 이들도 홍대로 모여들까. 다른 곳에는 없는 무엇이 홍대 앞에 숨겨져 있는 걸까.

이른바 홍대 주변이 '홍대 앞'이 된 것은 1990년대 초반이다. 압구정동을 주로 이용하던 신세대들이 새로운 문화를 찾아 홍대 쪽으로 모이면서 고급 카페 지역인 '피카소거리'가 생겼다. 그리고 미대로 유명한 홍대 주변에 화가를 비롯한 여러 장르 아티스트들의 작업실과 전위적인 공간들이 생겨나면서 홍대만의 분위기가 만들어졌다. 공연과 퍼포먼스와 전시를 함께 할 수 있는 실험 공간들, 인디밴드들의 공연이 계속되는 클럽들, 희망시장 프리마켓……. 홍대 앞을 '문화 해방구'라고 부르게 한 대표적인 것들이다.

'홍대 앞'에 익숙하지 않은 이들을 위해 지도를 간단하게 그리면 이렇다. 홍대(홍익대보다는 홍대!)가 있고, 홍대를 등지고 홍대 정문 앞에 서면 오른쪽이 미술학원 거리이고(그 골목에 산울림소극장이 있고), 그 거리의 양쪽 골목, 골목들에는 독특한 카페들, 술집들(아직도 DJ가 LP판을 틀어주는 술집 코스모스, 곱창전골도 있고)이 있다. 홍대 왼쪽으로는 극동방송국 쪽으로 내려가는 길이 있는데, 그곳에는 홍대와 함께 늙어가는 호미화방이 있다. 극동방송국에 닿기 전 오른쪽 길로 들어가면, 가로로 길게 이어지는 공영주차장 골목이 있고 그 사방으로 클럽과 카페가 많다. 홍대 앞 11시 방향으로는 주말마다 프리마켓이 열리는 놀이터가 있고 놀이터 골목을 따라가면, 참새골과 홍익보쌈이 있는 오래된 서교시장, 서교동 365번지 골목이 있다. 홍대에서 직진해서 내려가면 2호선 홍대역이 있고 역 주변답게 큰 건물들이 많다. 최근 몇 년 사이 아파트도, 대형 복합영화관도 들어섰다. 그러나 홍대의 진면목은 『극장이 너무 많은 우리 동네』(성윤석, 문학과지성사, 1996)를 패러디한다면, '골목이 너무 많은 우리 동네'에 있다. 마트료시카처럼, 골목 안에는 또 골목이 있고, 그 골목 안에는 또 골목이 있다. 그리고 골목 안에는 계속해서 작고 독특한 별별 것들이 꼬물꼬물 생겨나고 있다.

도시 정비 계획에도 포함되어 있는(서울 전체가 그렇긴 하지만)

홍대 앞은 신축 건물과 오래된 골목이, 옷집과 출판사가, 미술학원과 클럽이 뒤섞여 있는 곳이다. 인사동이 인삼닭찜이면, 청담동은 치킨브로콜리 코스 요리쯤이고, 홍대는 베이컨브로콜리닭찜이다. 맛은 몇 점을 줄 수 있을지 모르지만, 홍대 앞은 정형화의 틀 속에 갇히지 않은, 도무지 어울릴 것 같지 않은 것들이 뒤섞인, '뻬급'이다. 이 '뻬급' 속으로 사람들이 모여든다.

365번지

홍대에 대한 첫 기억은 1990년대 초반, 주차장 거리 근처에 있었던 문학과지성사로 김병익 선생님을 뵈러 간 것이다(물론 그전에도 홍대를 가본 기억은 있지만, 지금 남아 있는 첫 기억은 그렇다). 주로 정오 무렵 선생님을 따라 홍대를 걷곤 했다. 가로수들과 단정한 건물들이 나직한 그러나 끌리는 무엇이 있는 동네였다. 에스프레소를 드시는 선생님이 데리고 가는 카페들은 늘 커피 맛이 일품이었다. 조금 어려운 얘기들을 들을 때면 선생님께서 지성의 어느 부분을 나누어주시는 것 같아서 더 차분해졌다. 선생님과 헤어지고 나서는 혼자 홍대를 천천히 걸었다. 그런 날 밤은 새로운 세계와 그러나 또 아주 오래된 세계를 동시에 만난 것 같은 이상한 충돌을 느끼곤 했다. 최첨단의 유행을 만난다는 명동과는 다른, 옛것을 들여다보는 재미를 주는 인사동과는 다른 느낌. 홍대에 무엇이 있나, 생각해보곤 했다.

홍대에서 사로잡혔던 느낌을 작년 겨울 파리에서 다시 만났다. 간접적으로는 참 많이 듣고 본 파리에 처음 갔다. 그 전 일정이 있었던 벨기에 브뤼셀에서 기차를 타고 파리 북역에

도착했다. 파리에 내려 가장 먼저 내게 말을 건 사람은 아랍 여자였다. 캔유스피크잉글리쉬? 그녀는 구걸을 하는 몸짓으로 손을 내밀었다. 파리는 그토록 많은 예술가들이 노래했던 열정과 낭만의 도시가 아닌, 좁고 시끄럽고 생활 냄새가 가득한 곳이어서 적지 않게 당황했다. 브뤼셀이 귀족의 도시라면 파리는 서민의 도시였다. 만약 그곳을 관광코스로 며칠 빠르게 돌았다면, 노트르담을 보았더라도 루브르를 보았더라도, 센 강(그 작은 크기 때문에 더욱 놀랐던)을 보았더라도 처음의 이미지에서 별로 수정되지 않았을 것이다. 혼자 파리 시내를 헤매고 다닌 탓에 하루에 6시간 이상을 걸었고 명소보다는 곳곳의 골목을 정말 많이 걸었다. 길 밖이 아니라 철저히 길 안에 숨겨져 있는, 파리의 은폐된 골목을 걸으며 비로소 파리와 만난 것 같다. 자꾸 발걸음을 멈추게 하는 골목들. 오래 들여다보게 만드는 자그마한 창들. 바지만 그것도 밤색 바지 세 디자인만 만들어 걸어놓은 작은 가게, 백 년쯤 된 빵집에서 바게트를 사기 위해 줄을 늘어선 사람들, 낡은 바닥을 그대로 간직한 작은 카페들, 그리고 약간 과장을 보탠다면 두 집 걸러 보이는 크고 작은 책방들. 책방이 너무 많은 파리.

비유적으로 말한다면, 파리 전체가 '종갓집' 같았다. 중요한 것은 종갓집이라는 데 있는 것이 아니라 그곳이 개방된 종갓집이라는 데 있다. 종갓집은 과거의 시간에 머무르는 것도, 과거로만 따로 있는 것도 아니었다. 종갓집을 개방해서, 닳고 닳은 종갓집을 더욱더 닳게 하는 그 겹침이 현대의 시간을 과거로 숨어들게 하고 현대의 시간이 과거에 스미게 하고 있었던 것이다.

나는 파리에서 가장 강력한 '문화'를 만난 것이다. 루브르가 아닌, 작고 어두운 교회 안에서 마음이 출렁거렸던 것은, 봉 마르세 백화점(세계 최초의 백화점인데, 나중에야 알았다)에서 설렜던 것은, 이국의 풍경이어서, 명품이 즐비해서가 아니라, 바로 거기에 '문화'가 있었기 때문이었다. 그들의 철학이 왜 사조를 넘어 트렌드를 넘어 원형에 가 닿는지를, 루이뷔통이 상품을 넘어 명품을 넘어 철학이 되는지를, 파리가 도시를 넘어 관광을 넘어 여행을 넘어 생활이 되는지를, 왜 사람들이 파리에 가보면 살아보고 싶어지는지를 알았다(생활 속에서 운영되고 있는 것이야말로 가장 역동적인 문화인 것이다). 그리고 바로 그 자리, 지성과 감성이 '문화'가 되고 생활이 된 파리에서, 추운 겨울 혼자 공원에서 빵을 먹다가 서울을, 그것도 홍대를 떠올린 것이다. 홍대와 문화라는 말이 만난 것이다. 홍대는 문화였던 것이다.

바(Bar), 삭

옷가게가 많다. 구경할 곳이 많다. 쇼핑하기 좋은 곳이라는
뜻이다.

이쁘고 독특한 카페가 많다. 사람을 만나기 좋은 곳이라는
뜻이다.

옷가게에서도 카페에서도 옷 말고 사람 말고 이상한 충돌이
느껴진다면 그곳에는 문화가 스며 있을 수도 있다는 뜻이다.

문화가 있는 거리는 은폐된다. 은폐된 곳에서 은폐의 힘으
로 개방된다. 이 역설의 논리가 문화의 힘이다. 숨어 빵을 굽
고 있는 작은 공간으로 사람들이 찾아온다. 서로 어깨가 닿을
듯한 거리에서 그러나 어깨가 닿지 않고 소곤거린다. 문화에
대한 또는 문화라는 최소한의 예의.

'문화 게릴라'라는 표현이 가능한 것은, 숨어 있는 동시에
언제든 뒤집을 수 있는 전복도 함께 가지고 있는 것이 문화이
기 때문.

문화는 인간과 관계된다. '자연문화유산'이라는 말도 있지

만, 거기에는 그것을 지키겠다는, 즉 그것을 의미 있는 것으로 명명하겠다는, 최소한의 인간의 의지가 개입되는 것이다. 그러므로 인간의 의지가 개입되지 않은 곳에서는 문화가 만들어지지 않는다.

말끔한 곳에서는 문화가 자라지 않는다. 과거라는 시간이 없기 때문이다. 새것이 과거가 되기 위해서는 시간이 필요하다. 그것들이 과거가 될 때까지 기다려야 한다.

문화는 과거로부터 시작되지만 과거를 벗어난다. 미래의 지점을 선취해서 보여주지만 결코 과거라는 원형을 훼손시키지는 않는다.

문화가 자라기 위해서는 늘 더 신선해져야 한다. 더 낯설어져야 한다. 더 불온해져야 한다. 더 대담해져야 한다. 익숙한 곳에서 문화는 자라지 못한다. 문화가 과거로도 미래로도 열릴 수 있는 이유다. 문화가 가장 오래된 시간인 동시에 가장 최첨단의 시간이 될 수 있는 이유다.

지키려는 것과 허물어지는 것, 사라지려는 것과 남으려는 것, 그래서 사라지는 것, 사라진 것의 자리에 새로 지어지는 것, 사라지지 않고 끝내 남는 것, 이런 충돌이 뒤섞인 곳, 문화의 토양으로 적합한 곳.

호미화방. since 1975

장난감은 흥미와 관계가 있다. 외부와 관계있다. 흥미는 장난감을 해체시키기도 하고, 빼앗게도 하고, 잊어버리게도 한다. 장난감은 싫증이 나지 않을 때까지만 유효하다. 장난감은 밖으로 꺼내놓고 자랑하고 싶은 것이다. 장난감은 즉흥성의 시간이다. 즉흥성은 언제고 다른 곳으로 옮겨가는 것이다. 보물은 계획적인 시간, 내면과 관계한다. 보물은 아끼는 것이다. 그러므로 함부로 못 하고 어디에 숨겨두는 것이다. 쓸고 닦는 것이다. 보물은 은밀한 곳에 숨겨놓고 아껴 보고 싶은 지점과 만난다. 이것은 물론 실제 사물과도 상관이 있지만 심리와 더 밀접한 관계를 가진다. 똑같은 대상이라도 장난감에서 보물로 바뀔 때 문화가 탄생한다.

무분별하게 보일 만큼 상업적 공간이 자꾸 많아져서 '홍대 보호지구'를 선포(?!)하고 싶은 욕망에도 사로잡히고, 프리마켓에는 초창기에 볼 수 있었던 수제품보다 공산품이 더 많아졌지만, 아직도 홍대는 보물이 될 지점이 가득하다. 골목 속에 골목이 계속 생기고 있고, 그 골목에는 '뭐 하나'에 미친 사람들이 숨어들고 있으니까. 제대로 된 커피와 빵과 책과 음악을 만들고 싶어 하는 이들이 숨어드니까. 문화는 상품성을, 유용성을 지나 유행을 지나 취향을 지나 철학이 된다. 홍대 앞은 즉흥성을 견뎌낼 수 있을까. 모두의 표정을 일시에 지워버리는 획일성의 유니폼을 바꿀 수 있을까. 홍대의 골목은 취향을 지나고 있다.

한글로 거리 이름 짓기가 무슨 유행처럼 번지는 것은 홍대에도 해당한다. 피카소거리, 새물결1길, 어울림마당길, 걷고 싶은거리……. 그중 '홍대스러운' 거리 이름은 피카소거리나 정식 명칭은 아니지만 주차장거리 정도다. 이외에 최근에 만들어진 이름은, 어느 거리에나 붙여도 되는, 소위 죽은 말이다. 의례적인 악수 같은 것이다. 의례적인 악수가 관계를 달라지게 하지는 않는다. 홍대의 거리에는 가장 '홍대스러운' 이름을 붙여야 한다. 어디에나 어울릴 법한 이름은 없는 편이 낫다. 세상에, 삐급 정서의 홍대에 '어울림마당길'이라니.

홍대의 오래된 시장 골목인 365번지도 서울시의 '걷고 싶은 거리' 대상에 포함되어 있다. 걷고 싶은 거리로 만들기 위해 공원을 조성하겠다는 것이 서울시의 계획이고, 이미 홍대입구역 주변은 사업이 완료되었다. 그렇다면 공원을 만들면 걷고 싶은 거리가 되는가?(마치 지금 서울시는 서울 전체를 공원으로 만들겠다는 기이한 욕망에 사로잡혀 있는 것 같다)

해체는, 파괴는 아주 조심스러운 일이다. 파괴할 때는 신축의 이유보다 파괴의 이유가 적어도 세 배는 넘어야 한다. 단순히 골목 한 곳을 없애는 것이 아니라 쌓아온 시간을 없애는 것이기 때문이다. 좋은 정치가, 좋은 정책이 힘든 것은 이런 이유 때문이다. 새로운 것을 만들어내는 것은 금방 눈에 띄니까 업적이 될 수 있다. 그러나 우리가 살아온 공간은 선전용이 아니다. 문화가 없다면 그 나라는 황폐해진다. 도시 정비, 도시 녹지화, 다 좋다. 그러나 무분별한 해체는 문화를 모르거나 문화를 아직 못 가진 나라만 그런다. 우리나라는 이미 문화를 가진 나라인데 그것이 문화인지 모른다.

아무리 지금이 글로벌 시대라고 한다고 해도 새 건물과 공원으로 가득한 곳은 '면세점 도시' 이상이 되지 못한다. 면세점은 생활의 공간이 아니다. 어느 나라도 우리처럼 함부로 오래된 건물을 없애지 않는다. 세운상가나 낙원상가 그리고 그보다 많은, 서교동 365번지나 피맛골처럼, 오래된 골목들이 효용성이 떨어진다면, 공간의 원형은 훼손시키지 않는 선에서, 공간 안을 개선해야 한다. 공간은 그대로 두고 공간 주변에다 변화를 차근차근 만들어나가야 한다. 더 많은 녹지도, 보다 효율적인 건물도 필요하다. 그러나 시간의 닳고 닳은 손때는 어디에서도 가져오지 못한다. 몇십 년 후 남아나는 것이 크기만 거대해진 건물과 나무들만 시퍼런 유령도시의 이미지라면, 괜찮겠는가.

밤하늘을 보며 명상을 할 수 있도록, '밤하늘 보호지구'로 지정된 애리조나의 팔머 호수처럼, 오래된 곳들을 함부로 파괴하지 못하게 하는 법이 만들어지면 좋겠다. 오래된 것, 낡은 것은 힘이 없다(그것들의 안은 대단한 에너지로 들끓지만). 그들의 자리가 사라지지 않도록 우리가 보호해주어야 한다.

상상마당에 오신 것을 환영합니다

홍대 앞의 벽들이 더 재미있고, 더 창조적이고, 더 강력한 벽으로 바뀌는 상상(이런 공공 프로젝트는 재정과 후원이 없이는 불가능하다. 벽화는 "미래로"를 외치는 정부나 기업들이 추진하기에 꽤 좋은 프로젝트다). 주민들과 홍대 앞을 찾는 사람들에게 그려 넣고 싶은 풍경, 인물, 상상 등을 설문 조사했으면 좋겠다. 동네 아이들이 그림을 그리는 벽도 있으면 좋겠다. 일가를 이룬 화가들이 그리는 벽도 있었으면 좋겠다. 만화도 있으면 좋겠다. 어느 누구에게나 개방되는 '공연의 벽', '춤의 벽', '기도의 벽' 같은 이름을 단 벽도 만들어보면 좋겠다(물론 그 벽의 명명에 맞는 벽화를 그려 넣고). 작은 기부금이 모여 만들어지는 벽도 있었으면 좋겠다. 시간이 오래 걸리면 더 좋겠다. 벽이 완성될 때까지 누구나 참여하고 있는 축제가 계속되는 거니까. '모든 사람의 것인, 공평무사한, 거리미술관'인 벽화를 보면서 누군가는 호기심이 커지고 누군가는 존재를 확인하고 누군가는 놀라움을 맛보고 행복을 느끼고 위로를 받고 누군가는 보이는 세계 너머가 궁금해지기도 해서, 벽이 문으로 바뀌는 체험을 하면 좋겠다. 벽화 위에 낙서가 생기기도 하겠지만, 낙서의 마음이 보호의 마음으로 조금씩 바뀌어가면서, 벽화들

장난감의 시간, 보물의 시간 **57**

은 홍대와 함께, 비도 맞고 눈도 맞고 하면서 제 나이를 먹어 가면 좋겠다.

　대로변 말고 골목의 또 골목 속에 서점 말고 가장 홍대다운 책방이 들어서는, 상상(책방을 상상해야 하는 시대라니!). 다락방 보다는 조금 큰 이층이 붙어 있는 책방. 책방 문을 열면, 잘 팔리는 책보다 좀 안 팔려도, 좀 진지해도 언어와 그리고 세계와 사투를 벌인 지점이 있는 책들이 빼곡하고, 호기심으로 반짝이는 사람들이 가만가만 책방 안을 걸으며 가볍고 작은 책을 하나씩 사서 나오는 장면. 좁은 계단을 따라 올라가면 음식점 벽에 붙는 '이 집 맛있어요'처럼, '이 구절 좋아요' 같은 메모가 붙어 있는 곳. 이곳을 찾은 작가들의 글씨도 함께 붙은 곳. 노트르담 앞에 있는 '셰익스피어서점'처럼 책방이 홍대와 함께 나이를 먹어가는 그런 상상. 곧 홍대의 어느 골목에 느닷없이 나타나게 될지도 모를 책방에 '이상(李箱) 책방'이라는 작은 간판을 걸어본다. 홍대에는 독특하면서도 규모가 큰 카페를 차린, 자본력이 상당한 문화애호가들도 있다고 들었는데, 그들 중 누군가는 가장 홍대다운 책방을 차려 영웅이 되어볼 수는 없을까. 로맹 롤랑은 "자신이 할 수 있는 일을 하는 사람이 영웅"이라고 썼다. 그들은 이미 영웅이 될 조건을 갖추고 있지 않은가. 그러니 그들은 마음만 먹으면 영웅이 될 수 있다.

- 이 글에서 소제목으로 쓰인 것은 홍대 거리에서 발견한 간판이나 말들이다. "밤 하늘 보호지구"는 『미래생활사전』에서 빌려온 말이다.
- 이 글을 쓴 것은 2009년이다. 글에서 상상했던 풍경이 현실에 나타났다. 최근 몇 년 전부터 홍대에 그리고 서울 곳곳에 다시 크고 작은 책방이 생겨났다. 반가운 일이다. 홍대답게 더 작고 독특한 책방이 많아져서, 홍대 책방 투어를 하는 코스 가 여럿 마련되기를! 홍대뿐만 아니라 전국에 이런 투어가 유행하기를.

골목의 부활—대강(大綱)에서 상세(詳細)로

골목

골목이 다시 생겨나고 있다. 내가 사랑하는 골목의 목록을 다시 만들어갈 수 있다.

골목은 사이에 난 길이다. 마주 보는 이쪽과 저쪽이 있다. 가게끼리 마주 보며 있기도 하고 벽과 집이 마주 보고 있기도 하다. 벽과 벽이 마주 보고 있기도 하다.

골목에서는 멈춘다. 당기는 안쪽이 있기 때문이다. 골목에는 냄새가 배어 있다. 빠져나갈 것은 다 빠져나가도 남는 최종의 것들. 그것들이 섞이며 만드는 것을 문화라고 부른다.

골목. 숨어들기 좋은 곳. 숨어 있기 좋은 곳. 최소한의 통로. 숨통.

큰길

골목이 사라지면 큰길만 남는다. 큰길 즉 대로는 정해진 것
들로 작동되는 세계다. 신호등과 횡단보도가 있다. 차는 안,
인도는 테두리다. 차 먼저, 사람 나중이라는 말도 된다. 오가
는 차도 인적도 드문 한밤의 횡단보도 앞에서도 멈출 수밖에
없다. 큰길이 가진 힘 또는 억압이다. 신호 체계가 작동하는
곳에서는 꼼짝할 수 없는 법이다. 당신들을 이렇게까지 지켜
준다. 이런 완강함 이상이 담겨 있으므로.

광장

    구석이 없으므로, 다 보이므로 안전하다. 이 상징을 내세워 아파트는 골목을 광장으로 개편한다. 광장에는 새 가로등과 CCTV가 설치된다. 허공까지 감시한다. 솔깃한 약속. 아파트 주차장도 백화점 주차장처럼 하나로 뚫린 지하 광장이다. 주차장으로 차가 들어오면 집의 오토시스템에서 주차장에 차가 도착했습니다 라는 알림메시지가 나온다. 네가 온 시간을 주차장은 알고 있다. 주차장에서 망설일 자유와 공유해야 할 안전 사이.

골목이 사라졌다

몇 년 동안 서울 산책의 재미를 잃어버렸었다. 비싼 땅이라
는 논리 아래 오래된 단층 건물을 헐어내고 높게 올리기. 올릴
수록 허공이 넓다는 것이 증명되니까. 허공은 써도 써도 무궁
무진하니까. 큰 건물 속으로 골목에 있던 단층들이 들어갔다.
구겨져서라도 길도 함께 들어갔을까. 큰 것 안으로 시간이 겹
겹으로 쌓인 작은 것들이 들어가는 것은 당연한가. 작은 것들
이 갖고 있던 냄새, 소리, 땅은 어디에 폐기한 것일까.

브랜드. 이 말은 '안전하다'와 관계있다. 한 예로 △△△빵.
서울에서 먹으나 지방에서 먹으나 동일하다. 어디에서 골라
도 실패하지 않는다는 것은 그만그만한 맛이라는 뜻. 브랜드
라는 말은 우산과 같은 말. 비를 가려주는 대신 비의 맛과 소
리를 동일하게 만드는 것.

재개발이라는 명분과 함께 골목이 없어졌다. 서점이 없어
지는 속도, 단층 건물이 없어지는 속도와 정확히 일치했다.
말 그대로 속수무책.

다시 골목이 생겨났다

그러나 다시 골목이 생겨났다(사라짐과 나타남. 그 사이를 잠시 가늠해보자). 골목이 생겨났다는 말은 작은 공간들이 생겨났다는 것. 작은 공간은 같은 것이 아니라 다른 것들이 생겨났다는 것. 독특한 단 하나의 것들이 많아진다는 것. 독립 책방, 피규어 가게, 한 가지 메뉴만 팔고 음식 재료가 떨어지면 문 닫는 집밥식당, 수제본으로 몇 개씩만 만들어 파는 시장 속 문구점도 생겨났다는 것. 대강(大綱)에서 상세(詳細)의 방향으로 간다는 것. 속닥속닥 들어서는 상세의 속이 우열, 즉 비교가 아니라는 것. 상세는 각각 열심히 제 것을 닦는 재미에 몰두하는 것.

골목은 좁을수록 재미있는 것이 많다. 오가는 이들이 어깨를 부딪치고 서로 먼저 지나가라 양보를 한다. 좁게 한곳을 구경해도 서로의 시선을 가리지 않게 된다. 좁은 골목이 많은 나라가 좋은 공동체다.

골목에는 떡볶이집이 있다. 여기는 줄 없이 둥그렇게 서서 기다린다. 떡볶이집 모녀 주인은 기가 막히게 시킨 것을 구별해서 건네준다. 여기 시간은 옹기종기 간다.

골목에는 작은 갤러리가 있다. 작은 창을 들여다보고 있으면 문이 열리며 "들어와서 보세요" 하는 목소리가 들린다. 들

골목. 숨어들기 좋은 곳. 숨어 있기 좋은 곳.

최소한의 통로. 숨통.

어가면 창에서 본 크기만큼 딱 더 있다. 화가와 갤러리 주인과 나, 셋이 모인다.

골목에는 오래된 세탁소가 있다. 주렁주렁한 옷들 속에서 다림질을 하는 나이든 손을 볼 때가 있다. 오래된 다리미와 손이 만들어내는 나무의 나이테를 닮은 앙상블.

골목에 작은 사진관이 생겼다. 사진관 앞 나무에 사진을 걸어두었다. 빛에 바래가는 사진들. 안녕, 열 살의 내가 말을 걸어온 듯했다.

다른 모양으로 하나의 풍경을 이루어나가는 것

대로에 볼일이 있어 걸을 때도 대로보다는 골목을 통해 나간다. 뒤편 길. 길 하나 사이인데, 차가 사라지고 길은 좁아졌는데, 고요하다. 기획되지 않은 풍경이 나타난다. 대로가 허공을 품고 있다면 뒷길은 삶을 품고 있는 것인지도 모른다.

골목에서는 자주 멈춘다. 만난다. 사람과 만나서도 멈추지 않고 말을 했다면 말을 한 것이지 그와 묶은 시간의 매듭이 생긴 것은 아닌 것.

골목이 부활했다는 것은 참으로 기쁜 일. 소수가 다수가 되는 것이 아니라 소수가 소수로 살아가는 것. 이렇게 해 말고 그렇게 해, 그 방향. 한 곳이 계속 커지는 것이 아니라 다른 모양으로 하나의 풍경을 이루어나가는 것. 실은 이 세상은 처음부터 그러한데 우리가 자꾸 잊은, 자연스러운, 원래 그 모양.

골목의 부활과 함께 쇼룸이 생겨났다. 쇼윈도와 쇼룸의 차
이. 단순한 크기 차이가 아니라 변한 문화 차이. 쇼윈도는 크
게 보여주기. 많이 보여주기. 쇼룸이라 불리는 것들은 작게
보여주기. 최소한으로 보여주기. 공간을 크게 쓰는 곳이어도
쇼룸은 작다. 좀 더 가까이, 좀 더 가만히, 시선을 맞추고, 자
세히 들여다보지 않으면 보이지 않는다. 그 안에 든 것이 대단
한 것이겠는가. 대단한 것은 안에 든 내용물 이전에 들여다보
는, 만나는 자세와 연관이 있다. 엄마는 우리를 그렇게 길렀
겠지.

신기한 것은 가만히 들여다볼 때 나는 가만히 들여다보는
자가 된다는 것이다. 골똘하게 그 안을 들여다볼 때. 무수한
속도와 번짐과 시간을 역행하며 시간을 온전하게 만나게 되
는 것이다.

시간을 낭비하지 말고 1분 1초라도 아껴 쓰자, 효율성은 시
간을 돈으로 환산한 계산법에서 비롯된 것이기도 하다. 아까
운 것이 시간이어서 시간에 쩔쩔맨다면 평생 쩔쩔매다 삶이
끝날 것이다. 쩔쩔매야 한다면 시간의 생산성 때문이 아니라,
시간이라는 놀라운 순간을 경험할 때다.

오늘 하루도 바쁘고 힘들었다. 그냥 지치고, 숨고 싶어. 큰 길 바로 뒤의 골목으로 들어서는 순간. 멈추게 된다. 그곳이 시장 골목이라고 해도 그리하여 그곳은 큰길보다 더 왁자지껄한 사람의 소리와 냄새로 가득 차 있다 해도. 계량할 수 없는 것들이 골목에 존재한다.

골목은 문화가 된다

없어졌던 골목이 다시 도시에 만들어질 때, 그곳은 문화가
된다. 스미는 것은 무엇으로도 대체되지 않는 것. 그러므로
보존되어야 하는 것.

골목에 나타난 작은 책방은 귀하다. 작은 문구점은 귀하다.
작은 꽃집도 귀하다. 거기서만 맛볼 수 있는 백반은 귀하다.
아직도 아날로그식 장부를 가진 세탁소는 귀하다. 새로 생겨
난 빵집도 귀하다. 별거 별거 다 있는 빵집 말고 잘 할 수 있는
두세 가지만 팔고 다 팔리면 문을 닫는 다소 불친절한 빵집 말
이다. 모든 책이 다 있는 책방 말고 시집이면 시집, 소설이면
소설, 선택했으므로 시각이 나타나는 그것만 있는 책방도 귀
하다. 새 책방이든 헌 책방이든 책방이 더 많아졌으면 좋겠
다. 커피 얘기를 하듯, 책 얘기를 나누는 사람들을 만날 수 있
으면 좋겠다.

그러므로, 브랜드는 이미 나타난 광장을 책임져라. 대로를
책임져라. 브랜드 입장에서 골목을 대로로 만드는 것이 책임
같아 보인다면 미래 없는 사회를 만들겠다는 뜻이다. 골목은
작은 것들이 모여 있어서, 좁은 곳으로도 함께 다닐 수 있는
곳이어서 소중한 것이다.

작은 것이 좋은 것. 몸뚱이가 커져야 얼마나 많은 것을 담을 수 있겠는가. 철학자 전헌 선생의 글에서 충실(充實)이라는 말을 보고 멈췄다. 충(充), 더할 것이 없다. 실(實), 뺄 것이 없다. 옴짝달싹 못하는 상태는 익어가는 중. 성장하는 중.

외부의 문제 이전 내부의 문제. 이 시간의 충실이 오늘이다. 끝이 있겠는가. 어느 순간 멈춘다고 해서 실패한 산책이라고 하지 않는다는 것을 우리는 골목에서 기억해야 한다.

달빛 속 골목

줄줄이 약속이 있던 날이었다. 이례적으로 한밤중 약속이 기다리고 있어, 게다가 그것은 조금은 심란한 만남이었으므로, 밤 산책을 하기로 마음먹고 대로 뒷길로 접어들었다. 내가 알던 그 길이 아니었다. 오손도손 골목이 생겨나 있었다. 물론 흉내를 내는 것들이 많이 섞여 있어서 아쉬웠지만 부활한 골목과 만나는 재미가 있었다. 언덕을 따라 열십자로 걸었다. 복고 콘셉트가 있는 골목이었는데 그곳은 궁과도 멀지 않은 곳이어서 여러 시간이 겹쳐지는 느낌이 좋았다.

골목을 나오기 전. 한쪽은 궁이고 한쪽은 양장점인 곳에서 멈췄는데, 보름달이 환했다. 달이 저리 밝은 것이었구나. 어둠은 저리 달을 품어주기도 하는 것이었구나. 둘이 만들어내는 곳은 저리 높은 곳이었구나. 등 뒤로 스며들며 멀어지고 있어, 나가기도 전에 골목이 그리워지는 순간이기도 했다.

고요한, 더 고요한, 가장 고요한

한강(漢江)을 걸어요

한강변에 와서 일 년 반을 살았다. 겨울에 이사를 와서 다시 겨울을 맞았다. 그리고 다시 봄을 지났고 지금은 가장 뜨거운 한여름, 그러니까 가을 직전이다. 이사를 오고 나서 가장 많이, 가장 규칙적으로 한 일은 '한강시민공원' 산책이다(한강공원으로 이름이 바뀌었지만, 한강시민공원이라고 불러야 내가 걷는 그곳 같다! 시민이라는 근대적 단어가 지워짐으로서 근대가 더 확연해진 느낌이 드는 것은 왜일까. 근대에서 못 벗어난 것은 나일까, 한강일까). 서울 시민으로 살면서 직·간접으로 한강에 대해 적지 않은 얘기를 들었고, 전철을 타고 한강을 건너거나, 한강을 사이에 두고 남단과 북단으로 뻗어 있는 올림픽대로와 강변북로를 차로 지나거나, 한강시민공원에 가서 컵라면을 먹은 적도 여러 번이지만, 한강 근처에 살면서, 거의 매일매일 한강을 걸어보기는 처음이다(한강변보다는 한강을 걷는다는 표현이 더 마음에 든다. 이 표현을 쓸 때는 마치 물 위를 걷는 사람이 된 것 같다!).

큰 강 옆을 걸으니까 '기백(氣魄)'이 생긴다는 농담을 종종하는데, 이것은 진담에 가깝다. 큰 강을 따라 걷는 것은 산 속이나 숲을 걷는 것과는 다른, 그렇다고 도심 안에 조성된 큰 공원을 걷는 것과도 다르다. 물론 자그마한 물가를 걷는 것과도 다르다. 숲이나 산을 걸을 때는 에너지가 몸 안으로 들어와 몸이 단단해지는 느낌이 강해진다. 몸을 삶 안으로 더 밀어 넣게 해준다. 도심 속의 큰 공원은 아무리 울창한 자연과 큰 규모로 되어 있다고 해도 자연 이전에 휴식의 이미지로 다가온다. '지금은 조금 쉬어도 된다'는 휴식의 허용. 자그마한 물가는 걷게 만드는 것이 아니라 들여다보게 만든다. 가장자리에 발을 멈추고 머무르게 한다. 반성적 자아를 꺼내게 한다.

한강을 걸으면서 생긴 '기백'이란, 체념도 아니면서, 그렇다고 수동적인 수용도 아닌, 있는 그대로를 있는 그대로 받아들이는 몸으로 만들어주는 유연한 어떤 힘이다. 내가 겹겹의 속을 가지고서도 물결이라는 한 방향의 표면을 보여주는 한강에서 맞닥뜨리게 된 것은 '자연'이다. 관념적이 아닌, 실제적인 자연이다. '그 스스로 이미 그러하다'는 자족의 방향을 내장한 '자연'은, 그러니까 자연의 일부인 나 또한, 모르는 것도 아는 것도 아닌, 벗어나야 할 것도 그렇다고 무조건 인정해야 할 것도 아닌 것이었구나! "회색은 흑과 백의 중간색이다. 하지만 회색을 중용이라고 말하지는 않는다. 흰색이거나 검은색이거나 자기 색을 가질 때 중용의 도를 지킬 수 있다"는 사진가 김아타의 표현. 뜨거움을 뜨거움으로 간직하기 위해, 치열한 것을 치열함으로 간직하기 위해, 고요해지는 힘으로 표면만을 보여주는 한강에서, 중용을, 자연의 이치를 알게 되었다.

무서워서 무섭게 구는 중

어느 날 친구에게서 온 문자메시지. 누군가의 고양이를 잠깐 맡아 키워주게 되었는데, 자신이 들어오면 혼자 있던 고양이가 표정으로 말을 건다고 했다. 배고파, 밥 줘, 졸려, 외로웠어, 무서워서 무섭게 구는 중……. 턱, 하고 내게 온 무서워서 무섭게 구는 중, 이라는 말. 그 말에서, 무서우면 안 무서운 척 하는 내 모습을 보게 되었다. 낯설면 낯설어하면 되는데, 낯설면 안 낯선 척, 피곤하면 안 피곤한 척, 고통스러우면 견딜만한 척하고 있었던 그동안의 내 모습. 필연성이 있는 위장술도 아닌, 자존심도 아닌, 나를 조금씩 훼손시키고 있었던 그것. 고양이의 아름다운 그 말이 내게 닿은 후, 훼손된 중력을 복원하기 위해 한강을 걸었다. 무서우면 안 무서워하는 척이 아니라, 무서워서 무섭게 구는 중이 될 때까지 걸었다. 씩씩거리면서도 걸었고, 정신과 몸이 안 닿는 간극 속에서도 걸었다. 새벽에도, 한밤중에도, 한낮에도 걸었다. 비가 오는 날도, 강이 언 날도 걸었다. 계절에 따라 사람들의 산책과 운동 시간은 조금 빨라지거나 늦춰졌다. 나에게서 쓸 데 없는 자존심을 걷어내주고, 초라하다는 자의식도 걷어내주고, 부풀려진 욕망도 걷어내주고, 그냥 '있다'는 뜨거운 자존감만의 몸으로

내가 걷는 한강에는 다 있다. 강의 물,

물의 결, 물의 결 속, 물의 결 위 공기와 햇빛과 어둠,

다리들, 나팔꽃들, 붉고 찢어진 발가락을 가진 비둘기들

만들어주는 것, 한강은 내게 그 몸이 생겨나게 해주었다. 사람을 사람이게 하는 것은, 고귀한 어떤 것이 아니라 치욕이라는 것. 치욕을 치욕스럽지 않은 척하는 것이 아니라 치욕을 치욕으로 알고, 왜곡하지 않고 있는 그대로의 치욕으로 받아들이는 순간, '사람'에 가까워진다는 것. 가능하지 않은 한계를 가능으로 바꾸는 힘을, 한강은, 관성을 되풀이하는 내게, 지치지 않고 자꾸자꾸 가르쳐주었다.

"사랑은 죽을 둥 살 둥"이라는 민요의 좋은 가사. 죽을 둥 살 둥 할 때 나타나는 것이 사랑이기 때문에. 한강 산책은 내게 사랑이다. 죽을 둥 살 둥 하니까.

공중 걷기, 나이스 외치기, 선명하게 날아오르기

아파트에서 나와 왼쪽으로 걸어 횡단보도 앞에 선다. 직진과 좌회전 동시 신호가 끝나면 횡단보도에 파란불이 들어오고, 건너 밤섬 자이 공사장을 지나 무단 횡단을 하면, 한강변으로 이어지는 길이 나온다. 강변북로 쪽에 있는, 여의도와 신촌을 잇는 서강대교 아래다. 왼쪽은 마포대교—원효대교—동작대교로 이어지는 강남 쪽으로 가는 방향이다. 오른쪽은 양화대교—성산대교—가양대교로 이어지는 일산 쪽으로 가는 방향이다. 나는 거의 오른쪽으로 걷는다. 손이 덜 가서 자연스러운 이미지가 있기도 하고, 절두산이 있어서 그렇기도 하지만, 그것을 몰랐을 때도 몸이 저절로 오른쪽으로 틀어졌다. 왼쪽으로 간 것은 열 번이 안 된다. 걸어서 운동 기구를 지나 풀밭을 지나 절두산 성지를 지나 양화대교를 지나 성산대교로 간다. 새벽이나 이른 아침에 가면 절두산 성지에 가서 오래 앉아 있게 된다. 해질녘에 가면 성산대교까지 갔다가 돌아오는 길에 강이 가까운 계단에 앉아 있는다. 밤에 가면 풀밭에 한동안 앉아 올림픽대로 너머에 있는 여의도의 불빛을 보게 된다. 밤이 되면 계획적으로 불을 켜는 홍콩섬의 야경이 박제된 느낌이라면, 여의도의 야경에서는 생활이 출렁거린다.

한강시민공원에서 연인들은 몸을 붙이고 앉는다. 서로 마주 볼 때는 입을 다물고 웃는다. 눈이 말을 한다. 어떤 부부들은 나란히 걸으며 싸운다. 손을 붙잡고 걸으면서 싸우면 그 자리에 멈추어 서서 목소리를 높인다. 그러고는 다시 손을 잡고 걷는다. 걸으면서 또 목소리가 높아진다. 노인들은 게이트볼을 친다. 굽은 어깨와 등을 가지고 옷을 곱게 차려입고 또르르 굴러가는 공보다 천천히 걸어 공을 따라간다. 허공으로 한 팔을 느리게 들어 올리며 나이스를 외친다. 교복을 입고 자전거를 탄 소년, 소녀들은 이른 아침을 가르며 청춘을 지나고, 엄마들은 풀밭을 가로지르며 휴대폰으로 아이들에게 금기를 가르친다. 다리 아래에서 신문을 덮고 잠이 든 사람도 있다. 여름 새벽, 다리 아래 신문지 속에서 한 사내가 퍼드덕거리며 솟아올랐다. 지금까지 본 중에 가장 낯선, 그러나 가장 선명한 새의, 목숨의 이미지.

스텝퍼는 공중에서 걸을 수 있는(!) 운동기구다. '걸어서 나아가는 사람'을 뜻하는 스텝퍼(stepper)에서 가져온 이 운동 기구의 우리나라식 명칭은 '공중 걷기'다. 그네처럼 매달린 신발 모양에 각각 한 발씩을 넣고 걷는 것이다. 물론 제자리 걷기를 하는 것이지만, 스텝퍼를 하고 있으면 자신도 모르게 빨라지는 속도 때문인지 허공 속을 걸어가는 느낌에 사로잡힌다. 밤섬을 보게 되어 있는 스텝퍼에서 어떤 사람은 땅을 걷는 것처럼 천천히 걷기도 하고, 멀리뛰기를 하는 것처럼 양발을 나란히 하기도 하고, 점점 더 놀라운 속도를 내기도 한다. 스텝퍼에 올라가서 걷기 시작하면, 밤섬이 보이고, 밤섬 너머가 궁금해지고, 그러다 눈이 감긴다. 걷고 있는 두 발의 흔들림만 남는다. 공중을 걷는다는 묘미 때문인지 스텝퍼 주위로는 자주 기다리는 줄이 만들어진다.

강을 따라 걷는 기묘한 산책. 심연을 알 수 없는 물을 한가운데 두고 그 가장자리를 돌고 도는. 뼈만 남은 엄마와 아기가 허공 위에 세워진 둥글고 앙상한 금속성의 트랙을 도는 베이컨의 그림이 있다. 뼈만 남았어도 아니 아직 뼈가 남았기 때문에 존재가 사라지지 못하는 몸. 언제까지나 끝나지 않을 듯한 출구 없는 트랙과 아기와 엄마의 뼈에서는 같은 질감이 묻어난다. 안전선은커녕 별다른 장치도 없이 한강 바로 옆을 걷지만, 좀처럼 실족하지 않는, 나를 포함한 사람들을 볼 때마다 자주 베이컨의 이 그림이 떠오르는 것은 왜일까.

절두산 순교 성지-기도 삼면화

　한강에서 양화대교 조금 못 미쳐 간 곳에 있는 절두산 순교 성지(산이라고는 하지만 큰 바위에 가까운 절두산은 병인양요 당시 1만여 명의 천주교도들이 처형을 당한 곳으로 지금은 절두산순교박물관과 성당, 순교자들의 묘와 비석이 있는 천주교 순교 사적지이다)의 돌계단을 오르면 왼쪽에 작은 간이 막이 하나 만들어져 있다. 층층의 받침대에 작은 촛불이 담긴 유리컵들이 나란하다. 바깥에서 불어오는 바람에는 살짝살짝 흔들리기도 하는 촛불이 들어 있는 컵에는 그 초를 밝힌 이들이 적은 소원이 적혀 있다. 대학 합격, 가족 건강, 취업 성공…… 소원들을 읽어나가는 시간은 설렌다. 이렇듯 아주 현실적인 소원 안에서 이루어지는 것이 삶이니까. 그러다 느닷없이, 한동안 멈추게 된 어느 글씨. 비뚤비뚤한 엄마 글씨로 '먼저 간 자녀'라고 써져 있다. '엄마'라는 시간은 이상한 작동 방식을 가지고 살아간다. 자식의 시간에 가장 먼저, 그리고 가장 나중까지 있다. 엄마들의 배웅 방식은 엄마의 시간을 잘 보여준다. 자식이 출근하기도 전에 자식의 하루를 다 살아본 뒤, '오늘도 피곤해서 어쩌니'를 막 잠에서 깨어난 자식에게 건네는 엄마들. 이미 사라지고 없는 자식의 시간을 불러와 매 순간 살고 있는 엄마의 손글씨—지상에서 본 가장 순결한 기도.

절두산에서는 김대건 신부의 동상을 지나 독일가문비나무 옆의 돌에 앉는다. 강물이 보이고, 건너편으로 국회의사당이 보이고 강 위로는 강동 쪽으로 나가는 강변북로가 있고 강물 앞에는 오래된 나무들과 그 길 안으로 걷거나 자전거를 탄 사람들이 보이는 자리. 그 자리에 앉으면, 사람은 정말 작구나, 관념적인 것이 아니라 사실적으로 알게 된다. 강물은 저렇게 흘러가고 사람들은 저 앞을 잠시 저렇게 조그맣게 지나는 것이구나. 그 자리에 한동안 앉아 있으면 가만가만 욕망이 가라앉았다. 눈이 해주는 깨끗한 기도.

너무 간절해지면 경건해진다. 간절해지면 꼼짝할 수가 없다. 기도를 하기 위해 포개진 두 손이 경건한 것은 그토록 간절하기 때문이다.

간절해지면 목소리는 사라지고 손이 남는다. 간절해지면 안으로 들어간다. 간절한 것은 몸 안에 살게 되고 밖으로 꺼내지지 않는다. 기도는 안의 것이지 밖의 것이 아니다.

기도가 종교의 전유물이라는 것은 오해다. 기도가 종교적인 것은 맞지만, 기도는 종교만의 것은 아니다. 기도는 운명론자의 것도 아니며 나약한 자의 것도 아니다. 기도는 중용을 가지고자 하는 자의 것이다. 기도는 있는 그대로의 것이며 자연의 방향이다. 내 안의 어린아이에게 또는 내 안의 절대자에게 하는 것, 그것이 기도다.

젊은 김대건 신부의 청동 좌상. 신부복을 입고 주케토(성직자들이 쓰는 작은 모자)를 쓴 청년 김대건은 깍지 낀 왼손과 오른손을 무릎 위에 올려놓고 있다. 긴 성의 바깥으로 두 발 끝이 나와 있다. 한 여자가 무릎을 꿇고 앉아 김대건 신부의 두 팔 위에 자신을 팔을 올리고 기도를 하고 있다. 여자는 나직하게 울고 있었다. 이른 아침에 청동의 좌상 위에 자신의 두 팔을 올려놓고 있는 저 여자는 누구이며, 저 풍경은 무엇인가. 여자의 두 손은 간절하게 김대건 신부의 손을 어루만졌다. 청년 김대건은 눈을 감은 채 그대로 있었다. 여자가 떠난 뒤 보니 김대건 신부의 위로 올라와 있는 오른손은 닳아 있다. 지상의 어떤 간절함들이 그 손을 닳게 하고 있는 것이다.

밤 산책을 나갔다가 절두산 성지를 휴대폰 카메라로 찍고 그 아래 메모를 썼다. 밤에 절두산 성지를 보았다. 그 가파른 곳에 매달린 십자가가 구원이 아니어도, 아니 구원이든 무엇이든 상관이 없었다. 지상이 가장 완벽한 허방임을 알게 되는 순간이었다.

90

이제 막 도착한 꽃다발

내가 걷는 한강에는 다 있다. 강의 물, 물의 결, 물의 결 속, 물의 결 위 공기와 햇빛과 어둠, 다리들, 나팔꽃들, 붉고 찢어진 발가락을 가진 비둘기들. 찢어진 발가락을 신발 속에 감춘 사람들, 걷고 달리고 자전거를 타고 롤러블레이드를 타고, 애완견을 끌고, 운동을 하고, 낚시를 하고, 졸고, 눕고, 앉아 있는 할머니, 할아버지, 아이, 엄마, 여자, 연인, 친구, 남자, 수녀, 벤치, 운동기구, 절두산, 강 건너편으로 국회의사당, 순복음교회, 방송국, 자전거, 풀밭, 바람의 방향에서 바람의 방향으로 휘어지는 나무들, 내 안으로 흘러드는 가장 먼 강물.

나만의 지도를 만들어가는 곳, 우리 동네

우리 동네가 된다는 것

그 안에 내가 들어가는 방이 생겼다는 것. 내 손때가 묻은 것들이 적어도 두 개 이상 존재한다는 것. 이를테면 나의 베개. 매일 밤 끄고 켜는 스탠드. 베개와 스탠드 사이 요즘 읽는 책.

우리 동네가 된다는 것. 슬리퍼를 신고 트레이닝복을 입고 헝클어진 머리로 어슬렁거리는 동선이 생긴다는 것. 잘 모르는 가게 주인과도 "안녕하세요" 인사를 나눌 수 있다는 것. 뒷골목에 있는 오래된 빵집과 오래된 떡집을 비교할 수 있다는 것. 가장 맛있는 떡과 빵을 고를 수 있다는 것. 나만의 지도를 만들어갈 수 있다는 것. 지도에 생겨나고 사라지는 곳을 표시할 수 있다는 것. 길을 자꾸자꾸 발견하게 된다는 것. 알게 되는 골목만큼 잠시 멈춤, 즉 간단(間斷)의 시간도 늘어간다는 것.

동네 산책을 하다 집으로 돌아간다는 것. 혼자로 돌아간다는 것. 문을 닫으면 문이 닫힌다는 것. 적막이 찾아온다는 것. 적막 속에 빛을 켤 수 있다는 것. 그 빛은 밖의 빛과 동일하다는 것. 내가 아는 밖이 있다는 것. 웅크리고 잠든다는 것. 동네는 한 마리 고슴도치 같다는 것. 같은 햇빛 속 뾰족뾰족한 바늘이라는 것. 나는 그 바늘 중 하나라는 것. 고독. 고독보다 더 큰 연대감.

1990년대 말 자크 아탈리는 『21세기 사전』에서 현대인은 다시 유목민이 될 것이고, 21세기 유목민에게 가장 필요한 덕목은 연대와 박애가 될 것이라고 예측했다. 노트북이나 휴대폰 등이 중심의 역할을 해주는 도구가 될 것이라는 설명도 덧붙였다. 휴대 가능한 도구들, 특히 휴대폰은 모든 것이 담기는, 그것도 최신의 모든 것이 담기는 가장 작은 판도라다. 신유목민에게 길잡이가 되어주는 최첨단 별자리인 것이다. 그러나 이런 최첨단 도구를 장착한 신유목민임에도 불구하고, 우리는 여전히 내 집이 있는 우리 동네로 간다. 매일 나온 곳으로 매일 돌아간다.

어느 때는 작정하고 샅샅이, 어느 때는 듬성듬성, 그러나 제일 많이 걷는 곳. 우리 동네산책을 위해 필요한 것은 어슬렁과 기웃거림. 지금까지 살던 곳을 떠나면 다시 그곳으로 돌아간 적은 없다. 그런데 그 금기가 깨졌다. 다음은 그 이상한 동선의 기록. 또는 우리 동네 귀환기.

7년간 살던 동네를 떠나며
2015.1.2.

이 창에서 꼭 7년 있었다. 긴 시간이라고 하면 긴 시간이고
짧은 시간이라고 하면 짧은 시간이다. 창에는 두 쪽짜리 블라
인드가 드리워져 있다. 타원형 이파리가 달린 줄기가 프린트
되어 있는 블라인드다. 줄기 중간에 5개의 꽃잎으로 된 흰색
꽃이 6개 모여 있다. 줄기는 끊어질 듯 끊어지지 않고 위로 위
로 올라간다. 사실은 반복되고 있는 것인데, 들여다보고 있으
면 같은 줄기라고 생각되지 않는다. 그런 줄기로 된 나무가
3그루, 다시 옆 블라인드에 4그루. 이 블라인드를 좋아했다.
새벽에 블라인드를 올리고 창을 본다. 날이 밝아오기까지. 블
라인드가 올려져 있는 시간이다. 동이 터 오면 블라인드를 내
린다. 책상이 있는 창 앞에는 어둠이 있었던 것. 나는 매일을
여기에서 시작했다는 것.

　3시 42분. 동그란 흰 빛 하나 덩그마니. 몸을 오른쪽으로
움직이면 조금 아래 동그란 흰 빛이 또 하나. 그리고 가까이에
신호등. 빨간색. 옆으로 책상은 아직 많이 남았다.
　4시 17분. 조금 멀리 빨간 빛이 깜빡깜빡. 빠르게. 가끔 아

래쪽으로 휙휙 지나가는 빛들.

5시 53분. 오른쪽 위로 두 개의 사각 불빛. 그 아래 십자가. 붉고 흐리다.

5시 55분. 깜빡이던 불빛 아래에 가로로 다섯 개의 미색 불빛 왔다 갔다. 제법 천천히. 하나로 연결되어 있는 듯. 5시 57분 미색 불빛들 한자리에 멈춤.

6시 27분. 미색 불빛과 깜빡이던 빨간 불빛 꺼짐. 신호등 초록색. 초록색 옆 좌회전 화살표. 역시 초록색. 얼마 후 주황으로 바뀌다 바로 빨간색.

6시 41분. 휙휙 지나가는 빛들이 늘어났다. 위에서 아래에서. 무언가에 부딪치는 금속성 소리. 흰 박스가 달린 것이 지나갔다. 꽁무니에 빨간 빛을 매달고.

7시 13분. 윤곽들 검게 드러나고 있다. 조금 덜 어두운 하늘을 배경으로 조금 더 어두운 윤곽들.

7시 29분. 아직 어둡다. 간혹 소리가 있다. 빛이 있다. 흰색이거나 붉은색이거나 초록색.

하늘에는 함부로 휘젓고 다닌 듯한 먹구름이 가득. 생각했던 것과는 정반대로 꺾어진 가로등. 깜빡이던 빨간 불빛 아래 일렬로 들어선 미색 불빛은 신축 아파트 공사장의 타워크레인. 두 개의 사각 불빛이 어디였는지 다리 너머 아파트의 창을 더듬어보는 눈. 가장 가까운 곳에는 소나무의 검은 몸통. 뜨거운 것이 올라오고 있는지 허공의 아래쪽에서부터 연하고 붉은 기운.

블라인드를 내렸다. 2015년 1월 7일 아침 7시 50분.

소환되지 않는 시간이 있다. 환원되는 시간이 있다. 잊히지 않는 시간이 있다. 보내지 않았고 보낼 수 없고 보내고 싶지 않은 시간이다. 꿈으로 아주 가끔 찾아오는 존재가 있다. 꿈에서도 나는 쩔쩔매면서 모르는 곳으로 간다. 눈빛은 오로지 내게 한 방향을 가리킨다.

3일 후 나는 이 창과 작별한다. 그리고 살아본 적 없는 창으로 간다. 창 앞은 인가가 없다고 한다. 언덕과 산뿐이라고 한다. 바위가 있는 산이 있고 산 속에는 오래된 절도 무덤도 석상도 있다고 한다. 생각하면 두렵고 생각하면 차분해진다. 창 앞에 외등이 있는지는 모르겠다. 아마 없을 것이다. 전면적인 어둠과 마주하는 새벽이 시작될 것이다. 이 창을 떠나는 시간이 가까워오던 어느 날, 어둠에서 빛을 찾은 것이 위장이었다는 것을 알게 되었다. 어둠에서는 어둠에 집중할 것. 어둠은 너머에서 나를 기다리고 있다.

새 동네

2015.1.10. ~ 2016.5.24.

북한산 아래. 1년 4개월 살았다. 가장 짧게 우리 동네가 된 곳이다. 우리 동네라고 발음하기 시작할 즈음 다시 떠나왔다. '두고 왔다'라는 표현이 맞다. 찾으러 다시 갈 수도 있다는 의미다.

사람마다 살고 싶은 곳이 다르다. 언제부턴가 나는 산 아래 살고 싶었다. 물보다는 숲이 좋았다. 나무 가까이 살고 싶다는 말을 노래처럼 부르다 북한산 아래로 이사를 감행했다.

다른 곳에 살던 때와 마찬가지로 매일 산책을 했다. 은퇴자와 등산객이 많은 동네. 초록이 많은 동네. '사람 사는 숲'이라는 슬로건답게 사람 냄새가 나는 곳이었다. 버스를 타면 서로서로 눈인사를 하고 버스 기사와 동네 사람이 싸우지 않고 버스가 서야 하는 가장 좋은 자리에 대해 토론을 했다. 아파트 엘리베이터를 타면 아이도 어른도 인사를 했다. 내릴 때도 인사를 하는 곳이었다. 그것이 영 낯설어서 마음을 단단히 먹었다.

집에서 진관사까지 이른 아침에 산책했다. 아파트 바로 옆에 세종의 아들 화이군 이영 묘역이 있었다. 진관사까지 가는 곳은 한옥과 단독주택을 짓고 있어서 늘 공사 중인 길이었다. 공사 중인 길가에 오백 년 된 느티나무가 있었다. 멀리서 보면 온몸을 풀어헤쳐 그늘을 만드는, 품이 넓은 오래된 엄마 같았다. 그 생각이 나면 들어가기가 어려워서 맞은편 길가에서 넘실거리는 느티나무를 보고 있었다. 잎이 다 떨어졌을 때는 강건했다.

진관사 입구에서 대웅전까지는 흙길과 포장길이 나란했다. 주로 흙길로 걸었다. 흙길도 떨어진 꽃잎도 생생했다. 계곡을 따라 목재로 만들어놓은 길도 있었다. 문이 열려 있어 볼 수 있었던, 정안수가 올려져 있는 부뚜막을 지나면 진관사 마당이 나왔다. 초파일 무렵이면 마당에 연등이 걸렸다. 직사각으로 만든 허공에 색색의 연등이 걸렸다. 한쪽 사각에는 흰 조등. 그림자는 같은 색으로 아톰 머리를 닮았다.

진관사는 소나무로 폭 싸여 있었다. 이른 아침 걸어가면 인적이 드물었다. 동은 텄지만 데워지지 않은 아침의 진관사까지 이르는 길이 좋았다. 집에서 나와서 거기로 가는 동안 나는 하나씩 하나씩 잊고 잃어버린 것 같다. 진관사에 이르렀을 때 가벼웠다.

대웅전 앞뜰에 섰다. 왼쪽으로 합장, 오른쪽으로 합장, 대웅전에 합장, 그렇게 몇 분 서 있다가 다시 걸어 내려왔다. 담

소환되지 않는 시간이 있다. 환원되는 시간이 있다.

잊히지 않는 시간이 있다.

보내지 않았고 보낼 수 없고 보내고 싶지 않은 시간이다.

장 옆에 음식이 올려진 댓돌이 있었고 옆에는 옷을 태우는 곳
이 있었다. 명부전이 있으니 망자의 넋을 기리거나 제를 지낸
음식을 놓는 곳이리라. 상복을 입은 이들을 만났다. 그 댓돌
옆을 지나면서 같은 기도의 말을 올렸다. 끝내 나 혼자만 알고
있을 말이었다.

계곡 옆 뜰에 한두 시간 있었다. 나무 옆을 오가거나 돌에
앉아 있었다. 거기서 휴대폰에 시를 쓰거나 글을 썼다. 어려
운 답장을 할 때도 거기서 했다. 나무 곁은 무엇이었을까. 나
무는 나를 어떻게 돌봤던 것일까. 나무는 나를 가여워한 듯했
다. 나의 머리를 쓰다듬어준 듯도 했다. 내가 머리를 자꾸 나
무 쪽으로 밀어 넣었던 것도 같다. 거기서 걸어나올 때 어려졌
다기보다는 간결해졌다. 마치 머리를 깎인 것처럼.

실례합니다. 겨울 아침에 한 남자가 말을 걸었다. 정갈한
목소리와 옷매무새를 가진 중년의 남자였다. 추워서 쓰고 있
던 점퍼의 모자를 벗었다. 진관사가 여기에서 먼가요? 아니에
요. 저기 보이는 나무들까지만 가시면 입구예요. 가파른가
요? 진관사 입구는 괜찮은데 대웅전에 오르려면 계단이 좀 있
어요. 그러자 남자가 나직하게 물었다. 저 같은 장애인은 올
라가기 힘들겠죠? 나는 무조건 양손부터 옆으로 흔들면서, 아
니에요. 천천히 오르면 가실 수 있어요. 계단은 몇 개 안 돼요.

아, 네. 감사합니다. 발걸음을 떼는 남자는 한쪽 다리를 절룩거리고 있었다. 얼굴을 보니 어느 순간 병이 와서 몸의 반쪽이 불편해진 듯 보였다. 남자와 반대 방향으로 걸어오면서 그가 대웅전까지 올라갈 수 있을까 마음이 쓰였다. 책임질 수 있는 말을 한 걸까. 좀 더 세심한 말을 고를 수는 없었을까. 하루 내내 문득문득 아침이 떠올랐다. 그러나 나는 다시 이런 상황이 온다 해도 양손부터 옆으로 흔들면서 같은 말을 할 것이다. 아니요. 갈 수 있어요.

북한산 바로 아래. 나무를 참 가까이에서 봤다. 나무들의 일렁임을 한눈에 보았다. 초록의 부드러움을 깊음을 무서움을 숭고함을.

태풍이 와서 나무들이 일렁일 때. 바람이 바람을 몰고 나무들이 나무를 몰고 능선을 넘어갈 때. 이곳이 사라졌다.

산속을 걸었다. 산속에서 꼬박 하루를 지내기도 했다. 북한산은 돌이 많은 곳이다. 안개가 걷히는 북한산을 볼 때 '단단한 산이구나' 했다. 설악산 가서 그곳의 바위를 보았을 때, 북한산은 아직 복잡한 생각에 들어 있구나 알게 되었다.

가을이 되자 어둠이 깊어졌다. 어둠에서는 어둠에 집중할 것. 이곳으로 오기 전 쓴 문장이 예감이었음을 확인했다. 그러나 그 어둠은 감당하기 어려운 어둠이었다. 어둠과 마주하는 대신 일찍 자려고 애썼다. 그렇게 되지 않는 날에는 기도를 했다. 달이 밝은 날 텅 빈 허공 중간쯤 떠 있었다.

 방에서 능선이 보였다. 엎드린 동물 모양이었다. 개 같기도 했지만 등이 솟아올라 있어 단봉낙타 같기도 했다. 내가 돌보는 실물 크기의 쌍봉낙타와 마주 보고 있었다. 둘 다 미동이 없기는 마찬가지였다. 능선에서 웅크리고 있는 낙타의 머리가 온통 바위라는 사실을 안 것은 이 창을 떠나기 며칠 전이다.

살던 동네로 다시 돌아왔다
2016.5.25.

절두산 순교성지의 십자가가 하늘색으로 바뀐 것을 보고
떠났는데, 그곳으로 다시 돌아왔다. 처음 있는 일이다. 떠난
곳은 돌아보지 않는다. 중학교 1학년 때, 아버지 죽고 엄마 따
라 버스 타고 살던 동네 떠나오던 순간 생긴 억압이었다. 버스
뒤 큰 유리창. 뒤돌아보지 않았지만 미끄러져 나오는 그 길을
나는 보았다. 그날부터 두려움이 꽉 찬 등은 굳어졌고 불안이
출렁거리는 앞을 갖게 되었다.

종교를 갖고 있지 않지만 종교적 장소에 가 있는 걸 좋아한
다. 일 년 살던 동네에서는 진관사를 걸었다. 이사를 가기 전
7년 동안은 이른 아침마다 한강변 절두산에 갔다.

김대건 신부님 좌상을 지나 독일가문비나무 옆 돌 위에 앉
아 한 시간 정도 앉아 있었다. 하루의 일용할 빛이 데워질 즈
음 일어나서 다시 집으로 왔다. 김대건 신부님 손 위에 내 손
을 올려본 것은 한 번. 두 손이 닿은 곳이 딱딱했다.

그때 나는 죽은 사람을 따라가고 있었다. 죽은 사람은 어디
로 가나 너무 궁금했다. 배고프지 않은지, 춥지 않은지…….
울어도, 책을 읽어도 몰랐다. 절두산에 가면 '알았다'가 아니

고 '몰랐다'가 투명해졌다. 아침마다 거기에 가 있어야 하루가 살아졌다. 거기서 울었다. 눈물 너머 강물 너머 하늘이 보였다.

다시 돌아와서 아직 절두산에 가지 않았다. 일주일째 전생으로 향하듯 '내일 절두산에 가야지' 하고 마음을 먹었다. "여기 기도하러 오신 것 아니죠?" 운동복을 입고 아침마다 앉아 있는 내게 어느 날 수녀님이 말씀하셨다. 괜히 마음이 상해서 한동안 가지 않았는데 요즘 생각해보니 수녀님 말씀이 맞았다.

절두산 성당에 딱 한 번 들어갔다. 한여름 한낮이었다. 몇몇이 두 손을 모으고 기도를 하고 있었다. 흰 벽의 성당 안은 간결했다. 뒤에서 두 번째 줄에 앉았는데 까무룩 졸았다. 눈을 떴을 때 혼자였다. 서늘해져서 문 쪽으로 몇 걸음 걸었다. 등 뒤가 엄마를 따라 떠나오던 날, 버스 유리창과 닮아 있었다. 십자가의 반대쪽으로 미끄러지듯 걸어 나오는 나를 보았다. 기도의 자세와 멀어지고 있었다.

덧붙임

   그동안 바뀐 것들, 그대로 있는 것들, 나만의 지도에 기록
중. 그림창작소 무지개코끼리가 있는데 그곳에서 멀지 않은
곳에 육끼리 고기집이 있다. 이 둘의 연관 관계 탐문 중.

기억, 고도 삼천 피트의 얼굴

오래된 지도 한 장

명동(明洞), 밝은 동네. 서울 한복판. 을지로에서 이어지는
곳도(여기에는 2호선 을지로입구역이 있다), 퇴계로에서 이어지는
곳도(여기에 4호선 명동역이 있다) 명동이라고 부른다. 명동에는
명동성당도 한국은행도 신세계백화점도 남대문시장도 있고,
지하상가도 여러 곳이고, 오래된 상점도 많고, 새로 생긴 상
점도 많고, 상점과 나란히 세월을 덧입은 얼굴을 보여주는 주
인도 많고(금강섞어찌개 예쁜 아줌마는 예쁜 할머니가 되었다), 골목
도 많고, 걸인도 있고, 종말이 가까워왔다는 피켓을 들고 소
리치는 광신도도 있고, 눈을 감은 채 목탁을 두드리는 스님
도 있다. 다른 도심에 있는 것은 다 있고 다른 도심에 없는 것
도 더 있는 곳이 명동이다. 건축가 안도 다다오의 말을 빌면
도시에 과거, 현재, 미래가 공존하는 '풍성한 시간'이 명동에
는 있다.

그러나 내가 명동을 자주 걷는 것은 '풍성한 시간'이어서만
이 아니다. 그보다 더 중요한 이유는, 내게 명동은 서울예전
(물론 지금은 서울예대라고 부르지만)과 동의어이기 때문이다. 학
교에 다니면서 시라는 것을 쓰게 됐는데, 시를 쓰는 순간에만

시간을 만나는, 그러니까 나에게 시간이 생기기 시작했다. 뜨거운, 숨 막히는 것이 시간이라는 것을, 슬프거나 고통스러워서가 아니라, 충만해서 뜨겁고 숨 막히는 시간이 있다는 것을 처음 알았다.

그때, 시간이 생겼으니 내게 기억이라는 것도 처음 생기기 시작한 때.

명동의 가장 큰 골목으로, 명동의류와 장수면옥 골목으로, 얼마전 리모델링을 했어도 사장님은 그대로인 대한음악사 골목으로, 명동성당을 지나 삼일로창고극장 골목으로, 백화농원을 지나 세종호텔 골목으로 걸었다. 초봄에도, 한여름에도, 구세군 냄비가 등장했을 때도, 캐럴이 울려 퍼지고 송가가 울려 퍼질 때도, 최루탄 냄새가 명동을 꽉 메웠을 때도 걸었다. 나는 명동을 가로지르는 길을 좋아한다. 학교에 들어간 지 얼마 되지 않아 나는 학교에서 가까운 명동역에서 내리지 않고, 미도파백화점, 그러니까 지금의 롯데 영플라자 자리에서 내려, 지하도를 건너 명동을 가로질러 다시 지하도를 건너 등하교 했다. 산책의 매혹이 그 길에 있었다. 그렇게 사계절을 두 번 보냈고, 그러고도 계속 자주 다녔다. 얼마 전 회현고가도로가 철거되는 순간도 있었지만, 내게는 가장 오래된 지도 한 장이 있는 셈이다.

그러나 내가 가지고 있는 이 오래된 지도는 이상한 지도다.
길은 없는 지도. 오가는 길이 없는 지도.

명동은 내게 길이 없이 당도한다. 명동은 내게 느닷없이 나
타난다. 명동은 떠올랐다 가라앉는다. 떠오를 때도 그 자리,
가라앉을 때도 그 자리다.

기억: 막 당도한 시간. 또는 직전이거나 직후의 시간.

기억은 무엇인가. 기억은 사라지는가. 기억의 자리. 명동.
거기 두고 온 것들, 나는 거기 무엇을 두고 왔나, 기억은 어디
에서 흘러나오는가. 기억은 어떻게 초대되는가.

누구나의 명동이 나만의 '명동'이 된 것은 스무 살, 지금은 안산으로 이사를 간 남산 시절의 서울예전 문창과를 들어가면서부터다. 서울예대는 명동과 남산 사이에 있다. 남산이 막 시작되는 곳에 있고, 명동의 끝자락에 있다. 드라마센터와 몇 동으로 이루어진 작은 학교. 처음 입학하고 나서는 드라마센터 뒤로 이른바 본격적인 캠퍼스가 펼쳐지는 줄 알았는데, 놀랍게도 그게 다였다. 처음에는 작은 학교 규모에 실망했고, 얼마 안 있어서는 작은 학교 안의 오밀조밀함에 재미가 들렸고, 조금 더 지나서는 작은 학교 안에 모인 아이들의 엄청난 에너지에 놀랐다. 그리고 그런 작은 학교를 2년 다녔더니 무서운 게 없어졌다.

친구들은 학교 다니면서 명동이 운동장, 남산이 학교 뒷산이다, 그러면서 다녔다. 그 말은 맞다. 명동에 가면 서울예대 애들이 있었고 남산에 가면 서울예대 애들이 있었다. 남산을 선호하느냐, 명동을 선호하느냐에 따라 명동파와 남산파로 나뉘었다. 나는 분명한 명동파였다. 명동을 가로지르는 산책에 매혹당했다. 명동을 참 많이 걸었다. 내 정서와 딱 맞는 곳이었고, 잠자던 감성까지 꺼내주는 곳이었다.

　학교로 오르는 길은 셋. 명동역 1번 출구를 나와 왼쪽의 둥근 언덕길로 오른다. 1번 출구로 올라와 오른쪽으로 몸을 틀어 양품점 골목으로 오른다. 가파른 계단과 계단이 끝나는 곳에 있는 은행나무와 교회. 2번 출구로 올라 퍼시픽 호텔과 둘둘치킨 사이 길로 오른다. 그 골목에 작은 서점이 있었다. 서점 아저씨가 우리가 읽는 시집을 다 알고 있었고 읽어야 하는 시집도 권해주었다.

　그리고 지금도 학교에서 리라초등학교를 지나 남산돈까스를 지나면 촛불1978이 나온다. 꽤 큰 규모를 갖춘 지금의 촛불이, 탁자가 두 개였던 어두컴컴했던 시절을 알고 있다. 1번 출구의 오른쪽 양품점의 한 켠에서는 아직도 담배를 판다. 양품점 골목의 가파른 계단 앞에는 아직도 계단의 개수를 세며 가위바위보를 하는 아이들이 있다는 것을 알고 있다. 졸업을 앞둔 사은회 날, 한복을 차려 입고, 피가 뚝뚝 떨어지는 스테이크를 먹으며, 선생님들 앞에서 꿈을 말하던 프린스호텔이 아직도 거기 있으며 아이들이 책을 맡기고 술을 마시던 둘둘치킨이 거기 있다. 지금까지 책을 찾지 않은 친구들은 지금도 그 앞은 피해 다닌다는 것도 알고 있다.

명동의 이른 아침을 기억한다. 아침 8시에서 9시 사이의 명동의 길과 고요와 고요 속에서 퍼지기 시작하는 소리와 햇빛을, 간혹 막 올려지고 있던 셔터와 비릿하고 알싸한 쇠 냄새와 물미역 같던 명동의 공기를 기억한다. 이른 아침의 명동의 고요 속에 서면 간밤의 소란이 더 잘 느껴졌다. 간밤의 발소리가 더 생생하게 느껴졌다. 장소도 존재도 시간도 사라지고 난 뒤가 더 생생하다는 것을 경험했다.

아침 8시에서 9시 사이에 셔터를 올리고 장사 준비를 하는 부지런한 상인들이 있었다. 가게 앞에 뿌린 물이 마르기 시작하는 시간이 조금 지나면 지금은 없어진 서점이 문을 열었다 (명동 초입, 지금의 명동 CGV 맞은편 정도에). 학교로 올라가면서 책을 뒤적이곤 했다. 아직 시작하지 않은 명동의 시간 속에서 갓 나온 신간의 책장을 넘기고 있으면, 막연하게, 글을 쓰는 일은, 아직 시작되지 않는 시간 속에서 책장 넘기는 소리 같은 것은 아닐까 하는 매혹이 생겼다. 그 매혹이 내게 글을 쓰고 싶다는 갈망을 더 크게 해주었던 것 같다. 내게 글을 쓴다는 것은, 아직 시작되지 않은 그러나 곧 시작될 것이라는 예감으로 가득 찬 속에 앉아 있는 것이다. 예감만큼 강력한 시간이 있을까, 그 매혹과 갈망.

　명동의 늦은 밤을 기억한다. 저녁 9시에서 10시 사이 명동에는 불빛 대신 어둠이 들어차고 마네킹들은 옷을 입은 채 어둠에 잠기고, 쓰레기들이 가득 담긴 커다란 검은 비닐봉지들이 골목의 곳곳에 놓였다. 이 시간의 명동을 걷는 것을 좋아했다. 검은 비닐봉지 옆에 나란히 서 보기도 하고, 마네킹과 한동안 마주 보기도 하고, 큰 골목의 한복판에 서보기도 했다. 명동의 밤은 겁이 많은 내 발걸음을 자주 멈추게 하는 재주를 가지고 있었다. 명동에 어둠은 내려오지도, 스미지도 않았다. 분명 와 있는데 어둠이라고 생각되지 않는 어둠, 엷지도 진하지도 않은, 어둡지도 환하지도 않은, 이상한 어둠을, 공포가 없는 어둠을 명동에서 보았다. 그 시절 이후, 논리적으로는 잘 설명되지 않는, 내 한계를 넘는 시간을 경험하게 될 때 명동의 어둠이 떠올랐고, 명동의 그 어둠이 나를 위로하고 있다고도 느꼈다. 느닷없지 않은 시간이 있을 수 있겠니, 어둠은 내게 그렇게 말하는 듯했다.

　아침의 명동에서 글 쓰는 시간을 만났다면, 한밤의 명동에서는 얼굴의 시간을 보았다. 아침의 명동에서보다 한밤의 명

뜨거운, 숨 막히는 것이 시간이라는 것을,

슬프거나 고통스러워서가 아니라,

충만해서 뜨겁고 숨 막히는 시간이 있다는 것을 처음 알았다.

동에서 자주 발걸음을 멈추었는데, 그 순간 하늘을 올려다보게 되었다. 하늘도 컴컴했고 양쪽의 길들도 컴컴했다. 인간이 만들어놓은 것들도 다시 어두워지는 시간. 거기 폐허의 이미지가 있었는데 삭막하거나 훼손된 것이 아니었다. 내가 나에게서 놓여나는, 도시가 도시에게서 놓여나는, 텅 비게 되어 비로소 텅 비는, 여유, 원형 같은 것이 그 안에 있었다. 그 순간에 내가 내 얼굴을 만났다고 생각되었던 것은, 도시인으로 어정쩡하게 길들여져 있는 내게, '너의 용기나 모험심은 어디에 있는 거니'라는 질문이 거기 들어 있었기 때문이다. 한밤의 명동에서 내 얼굴에도 눈코입이 생겨나고 있다고, 나도 존재하고 있다고 느끼곤 했다.

길이 없이 나타나는 것이 기억이다. 기억을 산책하는 일은 미끈한 계란 위를 연속해서 딛는 것과 같다.

기억은 느닷없이 나타나는 골짜기다. 골짜기가 나타나는 순간은 내가 골짜기가 될 때뿐이다. 골짜기가 될 때 모든 풍경은 사라진다. 골짜기가 될 때만 비로소 보이는 골짜기.

골짜기를 산책하려면 골짜기의 안이 되어야 한다. 골짜기에 둘러싸이는 골짜기의 안이 되어야 한다. 기억이 나타날 때 꼼짝할 수도 없는 것은, 온몸이 기억의 시간이 되는 것은, 그곳이 골짜기이기 때문이다.

그러니까 우리는 기억에 사로잡힌다. 기억은 홀연하다. 우리는 기억에 홀연하게 사로잡힌다. 사로잡힌 시간은 지나간 시간이 아니다. 지나간 시간은 그 무엇도 사로잡지 못한다. 기억은 늙지 않는 시간이다. 늙지 않는, 나이를 먹지 않는 시간이 우리 안에 존재한다.

스무 살의 나는 양품점 한 켠에서 파는 색색의 담배를 사서 시 창작 수업 시간 교탁에 올려놓는다. 스무 살의 나는 남산의 진달래꽃 사이에서 깔깔거린다. 하늘은 파랗고 진달래꽃은 쌉싸름하다고 느낀다. 스무 살의 나는 마네킹만 보면 시도 때도 없이 심장이 쿵쿵 뛴다. 숨결 없는 것들이 무엇인가에 더 가깝다고 느낀다. 20년 후의 내가 20년 전의 나를 불러내는 일. 20년 전의 내가 20년 후의 나에게 20년 전을 보여주는 일. 만지게 하는 일. 20년 후의 내가 20년 전의 나를 낯설어하지 않는 일. 20년 전의 나도 20년 후의 나를 모르지 않는 일.

기억은 떠오르지만 볼 수 없다. 보이지 않는다. 보이지 않는데 떠오른다. 보이지 않는 기억은 보이지 않는데 만져진다. 안에서 떠오르니까, 안에서 안을 만지는데, 어떤 때는 울고 있다. 우는 것은 나인가 기억인가.

기억은 표면에서 나타나는 것이 아니라 저 안에서 나타난다. 조금이라도 더 앞으로 와주지 않는다. 나타난 그 자리에서 나타나, 나타난 그 자리로 들어간다. 기억은 후퇴하는 법이 없다. 낡는 법도 없다.

내 기억의 가장 먼 곳, 가장 안쪽—명동.

7분 45초

얼마 전 명동 한복판에 있는 s의 방에 이틀을 있을 기회가 느닷없이 있었다. s의 근무처인 그곳에 몇 번 들른 적은 있지만, 이른 아침부터 밤늦게까지 이틀을 꼬박 있어본 것은 처음이다. 물론 주말이라 가능한 일이었지만, s의 방은 내가 일종의 보루로 갖고 있는 곳이다. 내 기원(起源)의 한 지점인 '명동'을 한눈에 조망할 수 있다는 사실 하나만으로도, 그 방은 내게 보들레르의 '장밋빛 유리' 같은 것이다. 나에게는 아무 권리도 없는, s를 뺀다면 아무 연관도 없는, 나 혼자의 심정적인 권리로만 가지고 있는 그 보루에 우연찮은 시간에 머물게 되었다. 꽤 당황했고 꽤 설렜다.

13층에 있는 방은, 뒤로는 명동의 뒷동네인 남산까지 다 보이고, 앞으로는 명동으로부터 서울 시내의 멀리까지가 둥글게 보이는, 삼면이 통유리로 되어 있는, 그야말로 전망 좋은 방이다. 명동의 사방을 한눈에 보게 되다니, 명동을 그렇게 조망해보는 것은 처음이어서, 얼마간은 턱턱, 명동의 여기저기에 부딪쳤다. 이른 아침에 들어간 그 방에서 한나절쯤 지나자 비로소 명동과 만날 수 있었다. 내가 본 명동은 내가 알고 있는 명동과 그리 다르지 않았다. 기억 안의 명동과 닮고, 닿고 있었다!

　새로 알게 된 사실은, 개를 사육하는 초록색 옥상이 명동 한복판에 있다는 것(사육의 용도는 잘 모르겠다). 울타리를 사이에 둔 개들이 서로 가까워지려고 컹컹 짖으며 나란히 뛴다는 것. 마치 갱영화에서처럼 검은 양복을 입은 사내들이 울타리 주변을 왔다 갔다 한다는 것. 한 쌍의 결혼식이 끝날 때마다 웨딩홀의 천장이 열리고, 띄워 올린 풍선들이 생각보다 많이 명동의 허공을 떠다닌다는 것(그 웨딩홀에 가봐서 풍선들의 출처를 안다). 색색의 풍선들이 멀리서 보면 비슷한 색으로 보인다는 것. 명동의 낮은 생각보다 요란한 소리가 나지 않다는 것. 명동의 불빛은 그리 화려하지 않다는 것. 명동에는 의외로 어둠이 많다는 것. 그 어둠은 도시의 그것이 아닌 숲같이 느껴진다는 것.

스완의 집 쪽

여전히 나는 명동을 자주 걷는다. 20년 전부터 걸었던 길을 걷고, 들어갔던 곳을 들어가고, 멈췄던 곳에 멈춘다. 나는 명동에서 한 발짝도 나가지 못했다. 나가지 않았다. 이제껏 나는 명동을 빙빙 돈다. 아마 앞으로도 그럴 것이다.

명동을 걸을 때도 기억이 먼저 온다. 명동을 걷는 것이 아니라 명동을 만진다. 기억이라는 이상한 무형의 손이 그걸 한다.

명동을 가서 걸으면 명동이 열리지 않는다. 기억이 열린다. 기억은 낯선 시간이다. 기억은 잃어버린 시간이다. 잃어버린 시간은 마지막까지 잃어버릴 수 없는 시간이다. 잃어버린 것을 알고 있다는 것은 잃어버릴 수 없는 시간이므로.

기억은 무덤이다. 무덤 맞다. 나는 명동에 나를 묻어두었다. 자꾸 거기 가고 싶다.

친구는 태백에서 만난 농아 부부 얘기를 들려줬다. 말이 없어서, 더욱 그 사이에는 글도 없어서 서로 눈빛만으로 만나고

있더라고 했다. 오로지 눈빛밖에 없어서 간절하게 바라보기
만 하더라고 했다. 말도 없고 글도 없고 간절한 시선만이 남아
있는 그곳, 기억.

  기억은 끓고 있다.

시장과 묘지, 거대한 심연

0

낯선 곳을 가면, 제일 먼저 찾는 것, 꼭 보는 것. 그곳의 시장과 그곳의 묘지.

거대한 숫자 0. 시장의 0. 묘지의 0. 입. 외침.

시장과 묘지에서는 같은 비린내가 난다. 같은 흙냄새가 난다. 산 것, 죽은 것, 절여진 것, 썩는 것, 시든 것, 일찍 죽은 것, 어린 것, 날것.

소란스러운 시장의 한 구석에서 고요를 만나게 될 때, 고요한 묘지의 한구석에서 고요 안의 고요를 만나게 될 때, 그 고요는 둘 다 잘 스며 있다. 묘지에서 만나는 고요, 시장에서 만나는 시장의 고요. 둘 다 잘 삭아 있다. 시장에 스미는 고요와 묘지에 스미는 고요는 닮아 있다.

묘지에서, 시장에서, 고요를 만날 때, 그것이 고요의 맨 얼굴 같다고 생각된다.

시장에서는 서로 대화한다. 모르는 사람들끼리. 서로 산 것들을 열어 보인다. 거기 물건들이 그렇게 솔선수범했기 때문.

묘지에서는 서로 대화한다. 모르는 사람들이 마주 보며 울기도 한다. 자신들의 고인을 불러와 소개시킨다. 무덤들이 이미 소통하고 있기 때문. 살아 있는 자들의 한발 늦은 인사.

물건이 감추어지고 있는 시간. 닫고 있는 시장 안에 있으면 거대한 묘지에 온 느낌. 날씨, 시간 상관없이 땅속 냄새가 난다.

하늘 아래 새로운 것은 없다―시장

슬플 때는 시장에 간다. 욕망이 없을 때는 시장에 간다. 슬픈, 욕망이 없는 몸으로 시장을 걷는다. 골목을 돌고 돈다. 슬픈, 욕망이 없는 몸은 몸 밖이 소란스럽고 분주하다는 것뿐 다른 것은 모른다. 다른 것에는 스스로 반응하지 못한다. 사람들에게 자꾸 부딪치고, 쟁반을 3단으로 이고 가던 아줌마가 비키라고 소리를 지르면 그때서야 가까스로 비켜서고, 경적을 울리는 짐자전거를 피하려다 발을 헛딛는다. 그러다 다리가 아프고 목이 마르고 보이지 않던 물건들이 하나씩 보이고 상인들과 눈도 마주칠 때쯤 왔던 골목을 몇 번씩 또 돌고 있다는 것을 알게 된다.

한 걸음도 못 걸을 것 같은데도 멈추지 못했던 발걸음을, 물건을 산 봉지를 여러 개씩 든 사람들 사이에서 멈추게 되었을 때, 더 슬퍼진다. 없는 욕망이 더 없어진다. 지치면서 슬픈 것이 아니라 한없이 투명해지며 슬프다. 온전하게 슬프다. 욕망이 더 없어지는데 허전한 것이 아니라 깨끗해진다. 시장에서 산 것 하나 없이 더욱 가벼워진 빈 몸으로 깨끗해진다. 가득한 곳에 가면 채워주는 것이 아니라 오히려 가지고 있던 작은 것까지를 비우게 해, 아무것도 묻어 있지 않은 순수한, 그러니까 빈 에너지를 되찾게 해준다는 것―시장이 가르쳐준 것.

무기력해졌다면 물론 몸을 움직여야 한다. 그러나 무감각해졌다 해도 정신을 먼저 깨울 일이 아니다. 무감각해졌다면 먼저 몸을 깨워야 한다. 깃들 몸이 있어야 정신은 움직인다. 무감각해졌을 때 극장이 아닌 시장을 가는 이유―시장이 내게 또 가르쳐준 것.

무서울 때는 무덤에 간다. 비겁해질 때는 무덤에 간다. 욕망이 많아질 때는 무덤을 걷는다. 더 무섭고 더 비겁해지고 욕망이 더 많아져 한 발짝을 떼기가 어렵다. 정신이 무서워하는데 몸에 공포가 가득하다. 뒤에서 당장 뭐가 잡아당길 것 같다. 앞이 아니라 뒤에서 무엇이 덮칠 것 같거나 따라오고 있는 것 같다. 오도 가도 못할 것 같아 돌아 나온 적도 여러 번이다. 방향을 바꾸어 뒤였던 곳이 앞이 되면 앞은 안 무섭고 다시 뒤가 무서워졌다.

무덤을 걸으면서, 무서움이나 비겁함이나 욕망은 과거의 시간이라는 것을 알게 되었다. 지나간 시간에 대고 원하니, 그 시간이 무엇이든, 올 리가 없다. 그 시간이 미래라 해도, 영영 안 올 수도 있는 시간은, 미래라는 과거다. 아니 그것이 설령 올 시간이라고 해도, 우리는 거기에 살지 않는다. 조선 후기 학자인 이용휴는 "공부하는 사람이 공부하지 않는 날은 오지 않은 날과 한 가지로 공일(空日)이다. 공일이 아니라 당일(當日)만 있다"고 썼다. 무서움, 비겁함, 버거운 욕망은 여기를 살지 않고 거기를 사는 데서 나오는, '거기를 살면 여기는 늘 공일이다'라는 여기의 경고다. 무서워진다는 것, 비겁해진다는 것, 과도한 욕망을 갖게 된다는 것은 허상을 바라는 것. 허상은 없는 것이니 힘든 것—무덤이 내게 가르쳐준 것.

사람들이 힘들 때 무덤을 찾는 것은 허상을 다시금 확인하는 방식으로, 거기가 아니라 여기를 살아야 한다는, 공일을 당일로 되돌려놓는 힘을 얻기 위해서이기도 하다.

기분 좋은, 어느 때는 당황스럽기도 한 시장식 인사법. 경계라고는 없이 이미 저벅저벅 들어와 있는 눈. 시장에서는 손보다 눈이 먼저 들이닥친다. 그러고는 빤히 들여다본다(개량시장인 마트에서의 눈은 실례가 되지 않을 선을 가지고 들어오는, 그러니까 들이닥치는 것이 아닌, 경계를 가진 눈이다). 눈이 제압당하면 승부는 이미 끝난 것이다. 거두절미 눈으로 들이닥치지만, 시장에 상술은 없다. 바가지는 있어도 그보다 세련된 고도화된 상술은 없다. 허락도 없이 들어와 놓고 물건을 살 때까지는 안 나가는, 뒤통수에까지 달라붙어 떨어지지 않는 손보다 더 강력한 손, 아직까지도 시장에서만 통용되는 눈이다.

무덤에서는 자꾸자꾸 만진다. 이제는 만질 수가 없으니까, 없어서 더 만져보고 싶으니까. 무덤이고 비석이고 비석에 적힌 이름이고 그 주위의 땅이고 자꾸자꾸 쓰다듬는다. 머리카락을 쓸어내리듯이, 이마에 손을 올려주듯이, 뺨에 뺨을 대듯이, 맨발을 감싸 쥐듯이. 아니 실제 그렇게 하는 것이다. 무덤에, 땅에, 이름에 손을 대면서 죽은 사람의 몸을 다시 만들어보는 것이다. 그 몸에 손을 놓아 체온이 담기게 해 주는 것이다. 그러므로 쓰다듬는, 머무는 손은 간절하게 닿는 눈이다. 묘지에서 만난 사람들은 서로가 서로를 외면하지 않는다. 눈으로 가만히 닿고 서로가 멀어지는 것도 모르게 가만히 멀어진다. 손에 같은 눈이 들어 있는 까닭이다.

햇빛이 바뀔 때는 동네 시장 골목에 간다. 햇빛은 나무와 닮아 있다. 나무와 비슷한 순환구조를 가진다. 계절에 따라 햇빛의 질감이 바뀐다. 골목 시장에는 참기름을 같이 짜는 오래된 떡방앗간부터 큰 화분보다 작은 화분이 더 많은 꽃가게, 그 자리에서 원하는 부위를 직접 썰어주는 오래된 나무 도마가 있는 정육점, 다예라는 고풍스러운 이름의 양품점, 색색의 플라스틱 바구니를 한쪽에 쌓아두고 파는 그릇가게가 있다. 동네 시장에 갈 때는 트레이닝복을 입고 슬리퍼를 끌고 간다. 마치 집안을 돌아다니듯이 그렇게.

지나가다 활기가 넘치는 시장을 보면 내려서 걷는다. 그 동네 사람인 것처럼, 사람들 사이에 끼어서 골목을 몇 번 왔다 갔다 한다. 오뎅도 하나 사 먹고, 폭탄 세일한다는 양말도 고르고, 새로 들어왔다는 과일이 어디 것인지 묻기도 한다. 어디 가다 말고, 뒷일은 생각도 안 하고, 좁은 금호시장 골목에서 자주 내리는 이유.

광장시장, 중앙시장, 통인시장, 신촌시장…… 크든 작든

입구에 아치처럼 둥글게 걸려 있는 시장이라는 간판을 보면 가슴이 뛴다. 이상하다. "우체국에 가면 잃어버린 사랑을 찾을 수 있을까", 꼭 그런 심정이다.

지방에서 장이 서는 날을 만나면 횡재한 기분. 이제는 시골 장도 달라져서 공산품이 많은 부분을 차지하지만, 그래도 사이사이에서 '엄마 손'을 만날 수 있다. 집에서 가지고 나온 할머니들의 그릇 앞에 쪼그리고 앉으면 깊은 시간을 만져보는 것 같다. 강낭콩도, 더덕도 할머니들은 아직도 "그만 주세요" 해도 덤을 올려준다. 할머니들의 텃밭 농사가 어떤 과정을 거쳐 상품이 되었는지를 듣는 것도 즐겁다. 거래는 주로 천 원 단위. 할머니들이 담아주는 봉지는 크기도 색깔도 찍힌 상호도 각양각색이다. 집에 모아놓은 봉지를 가져오는 탓. 할머니들의 봉지를 들고 다니면 서로서로 무엇을 샀는지 모른다.

시장은 상점 밖에 물건을 내놓는다. 어떤 상점은 상점 안보다 상점 밖에 물건을 더 많이 쌓아둔다. 상점 안에 진열하더라도 밖에서 많이 보이게 최대한 많이 보이도록 쌓아둔다. 백화점의 고급 상품과는 정반대의 진열 방법. 명품은 희소가치를 강조하므로, 몇 개, 어느 경우에는 하나를 새로 발견한 섬처럼 진열한다. 백화점은 당신만, 특권화를 지향하고, 시장은 누구나, 보편성을 지향한다. 유세를 할 때 백화점 안이 아닌 시장을 도는 이유. 시장은 어디나 누구에게나 열려 있다.

고요한 시장은 없다. 시장의 사람들이 모두 침묵하고 있다고 해도 물건들은 절대 침묵하는 법이 없기 때문이다. 하나뿐인 물건은 침묵한다. 물건 가짓수가 많을수록 아우성이 된다. 사람, 물건, 말들로 뒤섞인 갠지스 강.

시장은 희소성의 반대쪽. 풍부함. 없는 것 없이 다 있는 것이 좋은 것이다. 상권이 살아 있는 시장에는 물건이 많다. 물건의 활기가 많은 것이다. 물건의 활기를 따라 사람들이 모여든다. 북적거린다. 활기로 인해 그중의 어느 하나를 선택한다고 해도, 모두 싸게 샀다, 만족한다.

꽃시장이나 나무 시장에 가면 사람들의 표정은 더 어린아이에 가까워진다. 가격을 매길 수 없는 것을 가격을 매기면서, 그 가격을 흥정하면서, 흙장난을 하는 어린아이의 표정이 된다.

시장에는 많은 것이 허용된다. 경계가 없다. 옆 사람의 봉지를 열어보며 가격을 물어보기도 하고 손을 덥석 잡기도 한

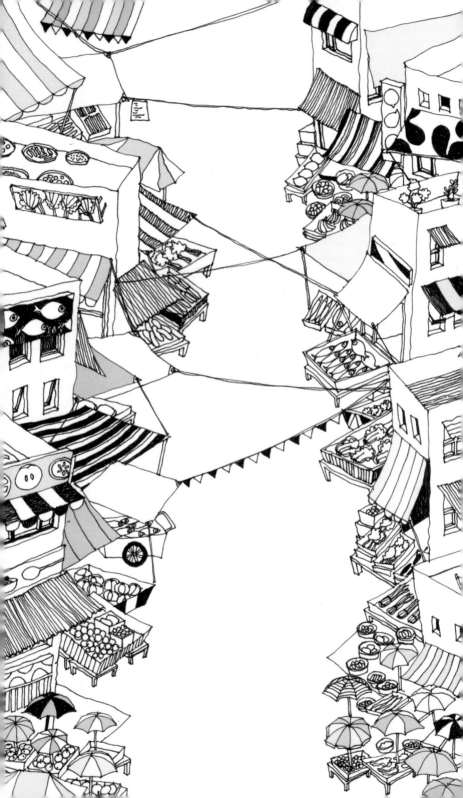

묘지에서 만나는 고요, 시장에서 만나는 시장의 고요.

둘 다 잘 삭아 있다.

시장에 스미는 고요와 묘지에 스미는 고요는 닮아 있다.

다. 슬쩍 아니 대놓고 대뜸 반말을 하기도 하고, 언니, 누나, 오빠라는 호칭이 난무한다. 처음 보는 상인과 손님이 오랜 시간을 겪은 것처럼 물건 값을 흥정하고 덤을 올려놓는다.

시장 사람들은 자기 가게의 물건과 연애한다. 떡집 아줌마에게 어떤 떡이 맛있냐고 물어보면 "요 인절미가 콩고물이 좋다" 그래서 인절미를 고를라 치면, "요 콩떡 콩이 진짜 좋은 거야" 그런다. 그렇게 진열대에 진열된 모든 떡에 대한 칭찬을 하고 나서 "그러니까 드시고 싶은 것으로 골라가" 그런다. "엄마들은 어떤 옷 좋아해요?" 그러면, "요게 천이 좋아, 요건 정말 엄마들이 좋아하는 디자인이야" 그러면서 거기 있는 옷을 다 설명할 기세다. 다 사라는 것이 아니라 다 좋다는 얘기다. 자기에게는 다 이뻐 보인다는 얘기다.

시장에는 돼지머리 좌판이 많다. 돼지머리들은 웃고 있다. 자세히 보면 돼지머리들은 무표정한 것도 꽤 있다. 그러나 웃고 있는 돼지머리 사이에 있으면 돼지머리들은 모두 웃고 있는 것처럼 보인다.

달러를 바꿔주는 할머니는 전대를 차고 앉아 배달되어온 소머리국밥을 먹는다. 쪼그라든 몸은 길에 납작하게 붙었는데 입은 쉴 새 없이 벌어진다. 프라다 카피 두 장에 만 원, 소리를 지르는 젊은 사내 옆에서 할머니의 입은 숟가락보다 더 크게 벌어진다.

칼국수집. 층층의 쟁반 빌딩 위에는 똑같은 크기의 그릇에 똑같은 내용물. 주문하면 국물을 가득 부어준다. 많은 양에 놀란다. 냉면을 덤으로 준다. 사람들은 다닥다닥 붙어 앉아 국수를 먹는다. 공평한 분배.

묘지에 가면 시장에 온 느낌. 주민등록번호는 말소되어도, 몰년(沒年)부터 다시 시작되는 곳.

무덤이 있는 곳에 가면 심장이 빠르고 서늘하게 뛴다. 두려움이라기보다는 고요해지고 경건해지고 편하고 설렌다. 무덤 사이를 걸을 때 발의 속도는 한없이 느려진다. 가장 느리고 오래 하는 산책. 우연하게도 외국 여행에서 무덤을 많이 간 것은 거의 겨울이다. 무덤을 걷는 것은 추위를 잊게 하는 것이 아니라 못 느끼게 한다.

몽파르나스―애도의 방식: 파리 갔을 때 아침부터 몽파르나스 묘지를 찾아다녔다. 몽파르나스 역도 가고 라파예트 백화점도 찾았는데 오후가 되도록 못 찾았다. 포기하고 횡단보도를 건넜는데 얼마 안 가니 거기가 묘지 입구다. 묘지 안을 돌아다니며 가져갈 것이 있나를 살피는 걸인 여자를 먼저 만났다. 안쪽으로 들어가니 장례식이 열리고 있다. 좀 멀리 떨어져 서 있는데, 유니폼을 입은 흑인 여직원 하나가 여기 온 것이냐고 한다. 난 아니라고 한다. 고인과 지상의 이별을 하는 사람의 수가 50여 명 정도. 관을 둥글게 둘러싸고 선 사람들. 마이크를 들고 몇 명이 고인을 위한 나직한 추도사를 하고, 황토색 관이 들어가고 한 줄로 늘어서 노란 꽃을 한 줌씩 관 위에 뿌린다. 아들로 보이는 듯한 남자가 관 위에 꽃을 뿌리고 관을 한 번 만지고 눈시울이 붉어져 나온다. 아무도 소리내어 울지 않는다. 쇼팽의 묘부터 이제 막 오늘 들어온 일흔여덟 노인의 묘까지 함께 있는 거대한 묘역에서, 슬픔을 소리로 내보내지 않음으로써 고인을 몸 안에 조금 더 살게 하는 애도의 방식을 만난다. 우리는 이와는 반대로 통곡이라는 극대화된 애도로 죽은 이의 애통함을 대신 토로한다. 그리고 자신의 몸속에 통곡의 기억을 간직한다.

수목장─깃들다: 나무 하나씩에 아주 작은 직사각형 명표 하나씩이 놓이는, 나무에 깃드는 무덤. 명표에는 보일 듯 말 듯 생몰년도와 이름 석 자. 수목장을 한 곳에는 야생화 외에는 심지 않는 것이 규칙이지만 규칙을 어기면서 고인이 좋아했던 장미도 프리지아도 놓게 된다. 분골을 묻은 곳은 밟지 않게 된다. 생전에 좋아했을 카페라테 같은 단 맛의 유제품 팩이 놓이는 나무도 있다. 사춘기에서 성년이 되지 못하고 17살에서 멈춘 아이의 나무.

제주 무덤 — 심연은 자연스럽다: 높은 곳에서 보면 제주 전체는 군데군데 눈이 내린 하나의 숲 같다. 녹지가 많아서 제주의 낮은 건물들이 녹지 않은 눈처럼 보이는 것. 내가 경험한 바로는 제주에서 가장 전망이 좋은 곳은 무덤가다.

돈내코를 찾아가다 끝까지 올라가니 둥근 언덕 위에 서귀포공설묘지가 있다. 제주가 한눈에 다 보인다. 묘지는 널찍널찍하게 있다. 묘지 인심이 좋다. 가족묘든 개인묘든 묘는 적당히 낮다. 자연스럽다. 자연스럽다와 같은 뜻으로서 제주의 무덤은 건강하다. 생과 사는 둘이 아니라는 듯, 자연과 닮아 있는 느낌. 빌 비올라의 비디오 작품을 보면 그는 삶과 죽음 사이를 아주 낮은 문턱 하나로 표현하고 문턱을 건널 때 물벼락을 흠뻑 맞는 것으로 생과 사가 조금 다름을 나타낸다. 비올라의 작품을 보고 있으면 점점 같은 물이기도 하고 다른 물이기도 한 듯한, 그 문턱은 존재하는 듯도 아닌 듯도 한 경험을 오가면서, 경계가 모호해지는 신비한 느낌을 받게 된다. 비올라가 심연을 본 것은 분명하다.

제주 무덤은 오베르의 고흐 무덤을 만나던 순간과 닮아 있다. 오베르 교회 뒤편 언덕으로 올랐을 때 펼쳐지던 밀밭. 까마귀가 날고 있는 밀밭은 겨울이어서 텅 비어 있었다. 그리 깎아지른 편도, 그리 널찍한 편도 아니었지만, 밀밭에서는 지평선 가까이의 느낌이 났다. 그리고 오른편 공동묘지의 위쪽에서 겨우 찾아낸 고흐의 묘. 그 흔한 푯말도 없이 담쟁이덩굴에 뒤덮여 있다. 그 앞에 나란히 이름만 새겨 있는 고흐와 테오의 작은 묘비. 간결함도 간결함이지만, 그곳은 고흐에게 만들어져 있는 신화와는 상관없이, 자연스러웠다. 자연스럽다는 것은 자연과 가깝다는 것. 분리되거나 구분되지 않는 시간이 존재할 수도 있다는 뜻일 것이다.

오쿠노인(奥の院) ─ 죽은 자와 함께 살아가기: 일본의 와카야마현에 있는 고야산(高野山)은 산 전체가 절 마을이다. 홍법대사가 창건한 진언종의 본거지로 지금도 120여 개의 절이 모여 있다. 그중에 오쿠노인에 홍법대사의 묘가 있다. 울창한 삼나무 숲인 오쿠노인은 입구에서부터 1킬로미터 정도, 20만 기 이상의 광대한 묘역이 있는 곳이다. 황실이나 무사 계급의 납골묘부터 서민들의 수목장까지 다양하다. 규모보다도, 그곳에서 먼저 놀란 것은 친근함이다. 우리나라 묘가 엄숙한 반면 이들은 친근하다. 자그마한 석상에 떠서 입힌 옷부터(계절에 맞게 옷을 갈아입힌다고 들었다) 빵, 사탕 등 다양한 것들이 놓여 있다. 더 놀란 것은 '유머러스'다. 묘를 따라가다 보면 고인이 어떤 사람이었고 어떤 성품이었고 어떤 것을 중요하게 생각하는 사람이었는지를 알 수 있었다(그곳을 왜 "살아 있는 거대한 묘지"라고 부르는지 알 수 있었다). 그곳에 온 사람이면 누구나

쓸 수 있게 묘비 방명록을 만들어놓은 묘도 있고, 인상적인 사진을 함께 붙여놓은 합동묘도 있다. 다양한 묘를 보며, 조금 다른 방식의 거주지를 가진 사람과 인사하는 기분이 들었다.

친근함과 '유머러스'는 고인을 계속 이 지상에 조금 다른 방식으로 존재하게 하는 방식이다. 같은 맥락에서 서양의 묘비명도 유머러스하다. "잠들어서도 브레이크 페달에서 발을 떼지 못하다", "남에게는 늘 재미를 주었으나 자신은 단 한 번도 재미를 느껴보지 못한 여인 여기 잠들다" 이런 식이다. 무조건 좋은 사람이었다고 기억하는 것이 아니라, 그 사람을 왜곡하지 않고 그 모습대로 기억하는 것.

죽음을 이해하고 해석하고 추모하는 방식은 나라에 따라, 또 같은 나라에서도 지역마다 조금씩 다르다. 거기에는 옳고 그른 것이 없다. 다만 나는 우리나라의 무덤이 어떤 방식으로든 친근함과 '유머러스'가 스미도록 바꾸어지면 좋겠다는 생각을 한다(죽은 자와는 조금만 멀어지면 영영 멀어진다). 가족 관계를 나열하는 대동소이한 객관적 묘비 말고, 장례 모습이 달라도, 묘의 양식이 달라도, 작아도, 고인을 '유일했던 시간'으로 기억되게 하는 방식이면 좋겠다. 그것이 죽음을 이분법적으로 받아들이지 않는 방식이며, 고인을 더 가까이에서, 오래 기억하는 방식일 수 있으니까. 또한 우리는 누구나 죽음과 자연스럽게 조우해야 하니까.

150

사람 속은 내내 일렁이는 숲이에요

핀 꽃들은 여전히 피어 있고, 연둣빛은 안과 밖이 처음부터 끝까지 연둣빛이고, 꽃 떨어진 자리는 여전히 연한 봄밤. 열 시. 집으로 가고 있던 발걸음을 홍대 골목으로 돌린다. 봄밤의 바람을 둥글게 입고 바람의 안이 되어 무작정 골목을 걷기 시작한다. 도시에서도 역시 밤은 어둠이 우세하다. 혼자되기 직전까지 여러 시간을 사람들 속에 있었는데, 함께 밥 먹고 쉴 새 없이 많은 말들이 오갔는데 사람과 '만났다'는 느낌이 들지 않는다. 말을 많이 하거나 들은, 말로 가득 차고 침묵이 없는 날은 더 그렇다. 피로와는 다른, 이물감과도 다른, 이상한 상실감.

어두운 골목에서 남녀가 껴안고 있다. 흐느끼는 여자의 등을 남자의 손이 계속 토닥토닥 두드려준다. 남자는 키를 낮춰 여자의 뺨에 자신의 뺨을 닿게 하고 있다. 여자는 남자의 뺨에 자신의 뺨을 대고 흐느낀다. 여자는 남자의 손이 하는 말을 들으며 품에서 몸 안의 눈물을 꺼내고 있다. 그 순간이다, 사람을 본 것은. 사람이, 사람이라는 사랑이, 사랑의 몸인 사람이 있다. 말이 사라진 자리.

말과 침묵

몸 밖으로 나온 말에서는 말이 보이지 사람이 보이지 않는다. 아니 사람이 보이지만 말을 통한 사람이 보인다. 목소리가 말을 만드는 순간 말은 몸을 조작한다. 물론 몸짓도 조작될 수 있다. 그러나 침묵이라는 방식 속에서는 길들여지지 않은, 사람의 안쪽이 훨씬 잘 드러난다. 몸은 적어도 침묵 안에서는 말을 만드는 일에 몰두하지 않아도 되니까. 침묵에서 말은 더 감추어지지만 몸은 더 드러나게 되니까.

말이 사라진 자리에서 나타나는 것: 몸. 사람은 말 속에 있지 않고 몸속에 있다.

말이 사라질 때 비로소 사람이 보인다. 사람에게서 말이 사라진 세계란 말이 몸 안으로 들어갔다는 뜻. 침묵은 몸이 말없이 하는 말이다.

사람의 가장 강력한, 솔직한 말은 몸이 가지고 있다. 몸은 부지불식간, 말 이전에 터져 나오는 말이니까, 또는 이미 충분히 스며 있던 말이니까.

지도를 들고 길을 잃는 것

　지상에 사람이라는 존재로 와서 가장 많이 거닌 곳은 '사람'이 아닐까. "사람 몸에서 사람이 나오다니!"라는 정영의 시구처럼, 사람의 몸에서 기어 나오는 또는 떨어뜨려지는 순간부터, 사람은 사람을 가장 알 수 없게, 가장 이해할 수 없게 되는 것은 아닐까. 그 순간에 사람에 관한 역설은 시작되는 것이 아닐까. 그리고 가장 이해할 수 없는 것을 이해하는 연기를 하게 되면서 사람은 거짓스러워지기 시작하는 것은 아닐까. 가장 이해하고 싶은 것은 가장 이해할 수 없는 것이므로.

　내가 가지고 있는 사람에 관한 아름다운 산책의 이미지는 지도를 들고 길을 잃는 풍경. 지도를 들고 찾아가는데 길을 잃는다. 지도 안을 들여다보고 가면서 번번이 길을 잃는다. 지도는 버리지 않고 한 손에는 여전히 지도를 든 채 길을 잃는다. 그러나 잃은 길 안에서 뜻밖의 풍경을 발견한다. 지도에서 길을 찾는다면 목적지에는 도달할 수 있지만 목적지에 도달하면 거기에서 시간은 정지한다. 목적지에 집중하면 목적지는 찾을 수 있지만 거기까지 이르는 과정은 생략된다. 사람을 목적지가 아니라, 산책할 때, 목적지로서가 아닌 그 사람

의 풍경이 생겨난다. 사람 위로 하늘도 구름도 드리우고 몸 앞
으로 옆으로 처음 보는 길도 생겨나고 그 사람의 상하좌우의
고독과 그림자가 생겨난다. 목적이 될 때 사람은 보이지 않는
다. 조약돌과 무릎뼈는 같은 안을 가졌다는 것을 이해하는 데
전 생애가 걸릴 수도 있듯이, 한 사람의 풍경을 발견하는 데
전 생애가 걸릴 수도 있다.

시간이라는 운동성은 가고자 하는 곳과 지금의 위치 사이
에 간격이 있어야 가능한 것. 꿈이 존재하는 이유.
내가 원하는 나는 나로부터 가장 멀리 떨어져 있다는 말,
나를 돌봐주고 있는 말. 그래야 나에게 시간이 생겨나기 때
문. 내가 원하는 사람이 어디 있는지 계속 모르는 것. 나를 살
게 하는 어떤 에너지.

같은 것에의 끌림, 매혹

　같은 것들의 속을 걷는다는 것, 나를 알아가는 것. 같은 것
들은 같은 것들과 있을 때, 위로받는 것. 같은 것들이 가는 길,
자신이 가야 할 길을 보게 되는 것. 우리가 기린이나 낙타의
일생을 따라가거나 거기에서 사람의 길을 보지 않는 것은 사
람이 낙타나 기린보다 우세해서가 아니라, 같은 족속이 아니
기 때문이다.

　같은 것들의 속을 걷는다는 것: 자주 내가 사라지지만 내가
사라지는 대신 '너라는 나'가 나타나는 기쁨. 때로는 사라진
자리에서 내가 더 선명하게 보이는 기시감 너머의 거울.

　막 뛰어오르려던 참이었어. 막 뛰어나가려던 참이었어. 본
격이 시작된다. 본격은 시작되고 나서가 아니라 시작되기 직
전이 두근거린다. 사람, 언제나 미완의 점핑.

창가에 앉아 사람을 보는 것을 좋아한다. 주파수가 잘못 맞추어진 라디오처럼, 느닷없이 퍼드덕거리며 날개를 꺼내는 새처럼, 언뜻언뜻 사람들에게서 흘러나오는 몸짓을 보는 것을 좋아한다. 안에서는 밖이 잘 보이고 밖에서는 안의 풍경이 잘 보이지 않던 광화문 대로변의 카페. 안의 입장에서 보면 창이고 밖의 입장에서 보면 거울이던. 그 카페의 창이 투명한 통유리로 바뀌기 전까지 몇 시간씩 사람 보기를 즐겼다. 좀 멀리 떨어진 풍경 속의 사람을 보는 것보다 그 창에 와서 각종 포즈를 취하는 사람들이 더 흥미로웠다. 창에 대고 자신의 얼굴을 유심히 살피는 사람, 거기에 대고 입을 크게 벌려보는 사람, 울상을 짓는 사람⋯⋯. 사람들이 거기에 갖가지 얼굴을 보일수 있는 것은 바라보는 방향에 자기 외에는 아무도 없다는 이유 때문이다. 결국 아무도 없다면 보고 싶은 자신의 얼굴이 따로 있다는 얘기다. 거두절미하고 맞닥뜨리는 사람들의 얼굴에 계속해서 당황을 했지만, 그곳에서 사람들을 계속 대면했다. 사람을 좀 더 가까이에서 만나고, 알고 싶다는 내 안쪽의 욕망.

만남의 가장 대중적인 장소인 카페는 어둠에서 밝음 쪽으로 이동했다. 어두운 칸막이 속에서 속삭이던 연인들에게 전면 유리창이 들어선 것은 이제는 꽤 오래된 일. 사람은 창의 변화를 닮아 있다. 자신을 다 드러내 보이는 창의 방식은 디지털과 같은 환경의 변화와 무관하지 않다. 그러나 접속이라는 동일어로 실시간 전송되는 몸과 정신, 과연 그곳에 사람이 있을까? 사람에게 안이 있는 것은 안에는 어둠이 있어야 하고 어둠은 보이지 않는 것이어야 한다는 뜻이 아닐까. 별일이 없어도 일기장을 자물쇠로 잠글 때 비밀이 탄생하는 것처럼 우리에게는 최소한의 어둠은 필요한 것이 아닐까. 가린다는 것은 '숨긴다', '거짓말한다'보다는 자신의 부끄러움과 관계된다. 부끄러움이 사라지는 순간 사람은 가장 안의 것을 잃게 된다. 가장 안의 것을 잃게 된 상태를 사람이라고 부를 수 있을까. 내가 생각하는 사람의 최소한의, 끝내 지켜져야 하는 최후의 것, 부끄러움.

순간은 안에서 밖으로 스며 나온다. 안에서 차올라서 더 이상 숨겨지지 않을 때 밖으로 나오는 것이다. 안이 꽉 차서 안의 공간이 더 이상 없을 때, 밖으로 배어 나오는 것이다. 스며 나온다면 안은 이미 그것이 온통 장악한 상태다. 화가는 스며 나오는 것을 그리며, 시인은 스며 나오는 것을 쓰며, 부모는 스며 나오는 것을 살피며, 연인은 스며 나오는 것을 붙잡는다.

손이 말한다. 얼굴보다 더 수줍은 것은 손이다. 얼굴이 짐짓 태연한 척하고 있을 때에도 손은 제 손끝을 만지작거린다. 길을 걸을 때도 닿을까 말까 하고 있다. 손은 제비꽃처럼 수줍어한다. 아기 토끼의 두 눈알처럼 수줍어한다. 수줍은 손은 계속 찾는다. 드러내놓고 찾는 것이 아니라 보일 듯 말 듯 찾는다. 찾는 손은 멈추지 않는 손이다. 손에서 수줍음이 없어질 때 손은 더 이상 아무것도 찾지 않게 된다. 아니 찾지 못하게 된다. 사회적 악수는 수줍음을 잃어버린 손이며, 호감으로 잡는 손은 수줍음으로 주춤주춤 두근두근한다. 손을 잡는다는 표면적 행위는 똑같지만 사회적 악수를 두고 고민하는 사람은 없다. 손을 다 잡지도 못하고 살짝 닿은 손은 밤잠을 설치며 며칠을 생각하게 한다. 잡았던 손에 찾고 있던 것이 있다는 것을 알기 때문이다. 수줍은 손은 두근거리는 손이다. 손이 수줍지 않다면 그것은 의례적인 말과 같이 의례적인 손이다. 손은 늘 수줍어하는 방향이다. 수줍은 손 안에 심장이 있다.

눈이 붙잡는다. 붙잡는 것은 손이 아니라 눈이다. 손이 붙잡을 때 그것을 뿌리칠 수 있지만 눈이 붙잡을 때 우리는 눈물을 흘리거나 그것을 보지 않기 위해 눈을 닫는다. 가장 강력한 방식의 붙잡음은 눈이 갖고 있다. 눈을 닫지 못하는 것은 붙잡을 무엇이 있기 때문이다. 끝내 놓을 수 없는 것이 있기 때문이다. 눈을 보는 눈은, 눈이 말하는 것을 안다. 입의 말보다 눈의 말이 강력하다. 입은 사라지는 말을 하며 눈은 담아두는 말을 한다. 눈이 붙잡고 끝내 놓지 않는다면, 그것에 닿지 않더라도 붙잡고 있음을 눈은 안다. 붙잡을 수 없는 것을 붙잡을 때는 눈을 닫는다. 밖을 자르며 안에 담아두겠다는 표명.

뺨에 뺨을 댄다. 마주 본 두 사람이 뺨에 뺨을 가만히 대는 것. 마주 보는 것은 같은 방향이 닿는 것. 나의 왼쪽 뺨에 너의 오른쪽 뺨이 아니라, 너의 왼쪽 뺨이 오는 것. 내가 가지고 있는 가장 애틋한 사랑의 포즈. 내 왼쪽 뺨도 그 시간을 간직하고 있다. 고독할 때 왼쪽 뺨에 손을 대 턱을 괴고 책상에 오래 앉아 있는 이유.

닿는다. 닿는 것은 구체적인 것이다. 실재하는 한순간이다. 시간이 발생했다는 얘기다. 사람이라는 슬픔에 닿았다면 그것을 오래 살고 겪었다는 뜻이다. 닿지 않은 것은 막연한 것. 닿은 것, a와 b가 만나 c라는 순간이 존재하게 됐다는 것. 적어도 둘이 있었다는 것. 그러나 다른 둘은 다른 둘로 만나야 한다. 만나는 순간, 같은 것이 되는 동일시를 한다면 그 즉시 닿았다는 세계는 없어지고 만다. 닿는다는 것은 떨어지게 된다는 뜻. 닿는다, 떨어진다가 계속 발생해야 한다는 것. 계속 닿아만 있다면 닿아 있다는 것을 모르게 된다. 한자리에 계속 닿아 있다면 짓무르거나 상한다. 닿을 때 그것이 애틋한 것은 이제 막 처음 온 그 시간이 내내 지속될 수 없음을 이미 알기 때문이다.

애틋하다. 낯선 시간, 길들여지지 않은 시간만이 닿는다. 닿아서 애틋하다. '애틋하다'의 방향은 끊임없이 애써야 나온다. 오랜 시간이 지나도 애틋한 관계가 있다면 많이 애썼다는 뜻이다. 애틋함을 따뜻한 긍정으로, 편안한 지점으로 생각하는 것은 착각이다. 애틋함은 긍정적인 자리가 아니라 괴로운 자리이다. 애틋함은 그 괴로움에 닿았을 때만 생겨난다. 애틋함은 늘 괴로움으로 들끓는다. 그러나 애틋함은 들끓는 괴로움을 통해 괴로움에서 벗어나게 해준다.

칼의 습득

닿는다는 것은 칼에 해당한다. 칼의 시간을 하나 더 갖거나 알게 된다는 뜻. 닿는다는 것은 베이기 직전일 수도 있다는 뜻. 어긋난다, 칼날과 칼날이 서로를 향하게 된다는 뜻. 닫는다, 자른다. 쓰다듬는다, 여린 속살만 남기겠다는 뜻. 사람의 정신이 깃든 몸이 칼을 발명했다. 칼과 같이 정신이 깃든 몸은 자를 수도 있고 벨 수도 있고 품을 수도 있고 끊을 수도 있고 다듬을 수도 있다. 어떤 칼이든 제 안에 오래 품고 있으면 날카로워진다. 오래 품어서 순정해지는 날카로움, 칼의 내면이다.

닿았다: 가장 날카로운 칼끝이 내게 막 당도했다.

　나는 사람이 나의 왼편에 있는 것이 좋다. 누가 내 오른쪽에
서 걸으면 몹시 불편하다. 가까운 사람일수록 내 왼쪽에서 걸
어야 한다. 나는 나의 왼쪽으로 다가올 때 그 사람과 닿고 있다
고 생각한다. 이유는 알 수 없지만 나는 왼편을 편애한다.

　나는 누군가에게 등을 보이는 것에 예민하다. 등은 벗어나
는 순간을 가지고 있다. 등은 헤어지는 순간을 내포하고 있
다. 나는 나의 등을 끊임없이 의식한다. 눈은 등에 가 있는 셈.
길들여지면서, 사회화되면서 헤어지면서도 등을 신경 쓰지
않는 순간이 늘어난다. 내게 있어 등을 신경 쓰지 않는다는
것은 내가 나를 방기하겠다는 것과 같다. 만남에 익숙해지면
헤어짐에도 익숙해진다. 부탄 같은 곳의 사람들은 잠깐 만난
사람과 헤어질 때도 운다. 문명화된 사람의 시각에서 보면 순
수하다고 표현할 수 있지만, 그들은 익숙하지 않은 것이다.
사람과 사람이 어떻게 아무렇지도 않게 헤어져요? 그 뜻일
것이다.

　헤어지고 나서 뒤에서 오래 지켜보는 사람은 헤어지는 사
람에게 마음이 많이 와 있는 사람, 누군가를 알고 싶다면 등을

오늘도 사람 속을 걸으며 사람과 이별한다.

이별하며 사람을 이해한다.

보면 안다. 헤어지고 난 뒤의 등은 얼굴보다 훨씬 더 많은, 솔직한 표정을 보여준다.

　사람이 한순간에 사라지는 죽음을 대면함으로써 비로소 죽음을 이해하게 되듯이, 사람은 사람으로부터 벗어나게 될 때 사람을 가장 잘 이해하게 된다. 나는 나를 떠날 때 나를 가장 잘 알게 되듯이. 집착은 내가 결코 나로부터 떠날 수 없는 상태. 떠나는 것은 고사하고 부스러기 하나 떨어질까봐 그로 인해 망가질까봐, 고개조차 돌리지 못하는 상태가 집착이다. 그러니까 집착은 별다른 것이 아니라 고착화된 상태. 굳어 있는 상태. 내가 나를, 상대가 상대에게 고착되어 있으면 단 한 발을 내딛을 곳조차도 존재하지 않게 된다.

내면의 가장 강력한 풍경인 잠 속의 꿈. 사람은 내게 잠 속의 꿈이다. 내가 가장 보고 싶어 하는 나의 내면이다.

사람 속을 걷는다. 큰 통에 가득 담긴 포도를 맨발로 밟는 기분. 포도가 터지며 몸에 물이 든다.

사람들이 토마토를 벽에 던진다. 내 얼굴이다. 악 소리도 못 지를 정도로 아프지만 자꾸 토마토가 되고 싶다.

폭염의 사막 속. 낙타나 나나 사막이나 뜨겁기는 마찬가지인 것.

사람은 사람을 벗어날 수 없다. 그 스스로도 사람이기 때문이다.

사람 사이를 산책할 수 없다면 나 스스로를 산책할 수 없다. 그 스스로도 사람이기 때문이다.

사람은 사람을 초월하여, 사람이 된다. 사람은 사람을 초월할 때만이 사람을 이해하게 된다. 사람을 통해서만 사람 너머로 갈 수 있다. 그러므로 니체의 문장대로, "인간은 극복되어야 할 무엇"이다. 언제나, 어느 순간에나, 극복되어야 할 무엇이 사람이다.

우리는 무엇이기 때문에 지상의 시간인 사람이 된 것이 아니라 무엇도 아니기 때문에 시간이 된 것이다.

우리는 한없이 주저앉아서, 때로는 한없이 울면서 사람을 배워간다.

오늘도 사람 속을 걸으며 사람과 이별한다. 이별하며 사람을 이해한다.

'어느 날 우리는 긴 손을 가지고 있다'로 시작되는 문장을 쓰고 싶다. 긴 팔이 아니라 긴 손에 대해서 쓰고 싶다. 우리의 손은 한없이 길어지고 있다. 만나지 못하는 닿지 못하는 괴로움으로 우리는 죽음을 건너고 밤을 지나고 끝없는 언덕을 지난다. 손은 우아하고 아름답다. 긴 손은 가장 낯설고 두려운 선이 되고 있다. 손이 닿고 싶은 것이 있다. 긴 손을 갖게 된다면 기형의 끝에서 우리는 우리의 몸을, 사랑의 다른 말인 사람을 비로소 이해하게 될지도 모른다.

세상의 첫 산책은 엄마와 했을 것이다

엄마

　세상에 와서 제일 많이 발음한 단어. 나를 세상에 나타나게 한 장본인. 엄마와 나는 하나에서 분리된 둘. 하나가 품었던 하나. 큰 하나가 품었던 아주 작은 하나.

　부르면 즉각적으로 나타나는 사람. 내 몸이 커진 만큼 자신은 쪼그라들어가는 사람. 오늘도 힘들어서 어쩌니, 나보다 먼저 나의 하루를 살아보는 사람. 내가 걸을 밤길에 마음이 늘 마중 나와 있는 사람. 엄마라고 불리는 사람.

　세상에 나와 첫 산책은 엄마와 했을 것이다. 나보다 몇 배는 키가 큰 엄마의 손을 잡고 아장아장 걸었을 것이다.

　맨 처음 나는 엄마의 두 손을 잡고 일어섰을 것이다. '걷는다'는 '일어서'에서부터 시작. 일어섰다. 발이 붙는 곳이 있다는 것. 누워서 엎드려서. 세상은 온몸을 대면 보이는 곳이었다. 다리는 팔과 동일한 것이었다. 아니 손은 무엇을 잡으려고 했지만 발은 허공에 있었다.

　그러다 무릎을 꿇은 엄마가 나를 일으켜 세웠다. 직립. 그리고 두 팔을 내밀었다. 엄마의 자세가 바뀌었으므로 나는 엄마의 자세를 따라 했다. 세상에, 바닥에 두 발이 붙는, 이렇게 서는 것이 세상이라니. 엄마의 두 손을 믿었을 것이다. 아니 믿기 이전 엄마가 그곳에 있었다.

엄마의 두 손을 따라 걸었다. 발을 떼고. 엄마의 두 손이 사라졌다. 엄마는 저만치에 있었다. 내가 서 있는 곳에서부터 저 끝에. 그리고 엄마는 팔을 쭉 뻗어 나에게 박수를 쳤다. 나는 그걸 알아들었다. 엄마에게 오라는 것이구나. 엄마가 저기 있으니까, 갔다. 최초의 혼자 걷기. 걸음으로 따지면 세 걸음쯤 되었을까. 분명한 것은, 저기 엄마가 있어.

엄마를 찾았다. 엄마 있는 소리가 나면 거기로 갔다. 혼자서도 잘 걷네. 사람 됐네. 엄마가 그랬다. 나는 혼자서도 잘 걷는 사람이 되었다.

　그때. 엄마가 문을 열어주고 "자, 걸어봐" 했던 것 같다. 나
는 앞서가고 엄마는 뒤따라왔다. 풀도 만져보고 꽃도 만져보
고 가다 털썩 주저앉아 흙장난을 했던 것 같다. 엄마와의 첫
산책에는 풀도 바람도 구름도 하늘도 함께 했다. "이것 봐" 하
면 엄마는 신기하게 그것을 함께 보고 있었으며, 구름을 손으
로 가리키면 이미 구름을 잡아두고 있었다. 흙장난을 하면 엄
마는 보이지 않았다. 나는 엄마가 근처에서 보고 있다는 것을
알았다.

　엄마와 나는 서로의 간격을 조금씩 더 넓혔다. 엄마는 집에
있고 나는 학교로 친구에게로 걸었다. 집에 오면 엄마가 있었
다. 엄마 따라 시장에 갔다. 엄마 손을 잡고 걷다가 엄마가 무
엇인가를 사는 사이 엄마 손을 놓고 시장을 헤맨 적이 있다.
처음에는 재미있었고 조금 뒤에는 무서웠다. 사람들 사이에
엄마가 없었다. 무서우면 울지 못한다. 무서움이 현실이 될까
봐. 울음을 참고 속으로만 '엄마, 엄마' 불렀다. 울음과 엄마라
는 말이 속에서 섞였다. 날은 점점 어두워지고 어디선가 어두
워지고 있는 날보다 더 어두운 얼굴의 엄마가 나타났다. 엄마
는 아무 말 없이 내 손을 꼭 잡았다. 부드럽게 그러나 완강하

게. 어떤 때. 길을 잃었을 때. 엄마를 잃어버린 것도 아닌데. 울음과 엄마가 뒤섞일 때. 붙잡는 손이 있다. 그 손을 따라 집 으로 돌아온 적이 여러 번이다.

젊은 엄마는 조금씩 나이를 먹어가는 엄마가 되고. 어느 날 할머니라고 불리는 나이가 된다. 나는 엄마를 여전히 엄마라고 부르고, 속으로 불렀던 엄마를 여전히 속으로 부르고, 엄마는 노인이 되어가며 허리가 굽는다. 마음이 급해진 것이 아니라 동작을 빨리 못하는 것이다. 밖으로 나타나는 것은 급해진 듯 보이는 마음과 느린 동작. 엄마는 언밸런스.

늙는 엄마와 함께하는 것은 비로소 나의 아기 때를 보게 되는 것과 같다. 나라는 형태가 시작된 것을 보는 것과 같다. 엄마는 아기 같아진다. 소녀 같아진다. 예쁘고 작은 것을 좋아한다. 귀엽고 깜찍한 인형을 침대 맡에 모으며 깔깔 웃는다. 문득문득 비어 있는 눈으로 창밖을 바라보고 있는 엄마를 볼 때가 있다. 엄마는 무슨 생각을 할까. 그 속에 엄마가 헌신한 자식은 없다. 엄마가 모르게 엄마를 살펴보는 시간이 많아진다. 엄마는 내게 내내 저러했을 것이다.

엄마와 산책을 하는 시간은 천천히 걸어야 한다. 엄마는 내가 애기 때 그랬던 것처럼 늘 뒤에서 따라온다. 앞장서. 앞에 가. 엄마가 앞에 가, 그래도 엄마는 한사코 나를 앞세우고 한두 걸음 뒤에 따라온다. 나란히 걷고 있으면 어느새 뒤에 가

부르면 즉각적으로 나타나는 사람.

내 몸이 커진 만큼 자신은 쪼그라들어가는 사람.

오늘도 힘들어서 어쩌니, 나보다 먼저 나의 하루를 살아보는 사람.

내가 걸을 밤길에 마음이 늘 마중 나와 있는 사람.

엄마라고 불리는 사람.

있다. 내가 빨리 걸었는지 엄마가 더 느리게 걸었는지는 알 수 없다. 엄마는 내 등을 보고 따라온다. 등에 눈이 달린다는 말을 알 듯도 하다.

뒤를 돌아보면 엄마는 손사래를 친다. 내 쪽으로 미는 것이다. 너는 가고 있어라. 내가 어릴 때, 엄마가 내게 와, 하던 방향과는 반대다. 엄마는 왜 저런 동작을 할까. 엄마가 점점 멀어지는 꿈을 꾼 적이 있다. 내가 모르는 사이 내 등 뒤에서 멀어지는 엄마를 보게 되는 것은 얼마나 무서운 것인가.

엄마는 하루에 한 번 꼭 산책을 간다. 힘이 들어도 산책을 하지 않으면 안 되는 사람이다. 걸어야 신경이 안정되는, 얼굴이 밝아지는 사람이다. 나도 그렇다.

엄마가 휴대폰으로 산책 길에서 찍은 사진이라며 보여줬다. 엄마의 앵글은 놀라웠다. 지극히 냉정하고 간결한 각이었다. 자신의 진분홍색 운동화와 양산을 놓고 그런 단호한 각을 잡다니. 풀을 찍어도 바람의 결을 자신이 결정했다. 나의 각도 잡기를 좋아함은 엄마로부터 비롯된 것이다.

휴대폰 기능을 익히게 된 엄마와 문자메시지를 주고받게 되었다. 엄마가 쓰는 어미, 문장의 리듬은 나와 같았다. 깜짝 놀랐는데 나는 그걸 엄마에게서 배운 것이다.

편한 옷이 최고지. 말은 그런다. 내가 이제 온도에 예민해져서 그래. 추운 것도 못 견디고 더운 것도 못 견뎌. 그러는데 원색, 튀는 옷을 입고 산책 간다. 이상한 할머니라고 할 거야. 이건 '멋진 할머니라고 할 거야'의 엄마식 화법. 너는 옷이라면 원 없이 입었다. 엄마가 내게 한 말. 나는 엄마 딸이었던 것.

이사 가면 동네 탐험하길 좋아한다. 여행 가면 바위에도 올라고 이상한 사명감으로 최선을 다한다. 위험하다는 것을 아는 것은 올라간 뒤다. 사람 보면 막 퍼준다. 너는 실속이 없어. 엄마가 나한테 그러는데. 나는 엄마를 닮았다.

나는 고소공포증이 있는데 엄마는 높은 데를 좋아한다. 나는 케이블카 타서부터 소리 지르고 운다. 스킨십 없는 모녀. 나는 엄마 팔짱을 끼고 엄마의 살도 없는 팔을 잡았다 놨다 했다. 얘 때문에 풍경 감상도 못 하네. 엄마는 두고두고 그날 얘기를 한다.

내가 쓴 글을 보고 "엄마 어때?" 그러면 "내가 뭘 알어" 그러면서 "여기 뒤에 두 문장은 없었어야 돼" 한다. 발끈하지만 몇 시간 뒤 보면 엄마 말이 맞다.

우리 엄마 표현으로 한다면 내가 쓰는 시는 되다. 읽기 힘들다. 글쟁이 딸을 둬서 늘 긴장하고 사는 엄마에게 나는 시집을 낸 직후에만 착해지는 것 같다. 내가 시집을 내면 엄마가 산책 갈 때마다 가지고 나가서 읽는다는 사실을 나는 몇 년 전에야 알게 되었다. 딸이 쓴 건데 어떻게 안 읽니. 얼마나 읽었어? 하루에 세 장씩 읽는다고 했다. 내 시가 되긴 된 모양이다. 누가 물으면 골키퍼와 글쟁이는 시키지 말라고 하겠다는 엄마다.

지난번 시집이 나올 즈음이라 제목을 고민 중이던 때다. 심정이 꽤 들어간 제목을 할까 생각 중이었는데. 엄마가 단칼에 재미없다고 한다. 줄줄이 후보를 얘기했는데 그중에 제일 드라이한 것을 골랐다. 엄마가 그랬다. 이게 제일 안 평범하잖아. 감칠맛이 있잖아.

작년 여름날. 엄마는 그날도 산책 나가고. 나 혼자 마루에 누워 있다가, 설핏 잠이 들었는데, 그곳에서 어린 엄마와 나를 보았다. 우리는 함께 허공의 반달에 나란히 걸터앉아 있었다. 낮도 아니고 밤도 아닌 사방은 푸른빛이었다. 이렇게 조그만데 어떻게 엄마가 되려고 해? 내가 물었다. 그 대답을 나 혼자 들었다.

내가 이 세상에 와서 가장 오래본 사람. 나의 0살에서 지금까지를 다 보고 있는 사람인 엄마의 심정을 짐작조차 해본 적이 없다. 가늠하기 시작하면 견딜 수 없을 것 같다. 이 세상에 와서 알게 된 단어 중에 제일 무서운. 제일 어쩌지 못하는. 맨 마지막에 잡는 것. 다 속여도 못 속이는 단 한 사람. 엄마.

엄마는 자연스럽게 그렇게 되지만 자식은 애써야 한다는 것. 엄마는 평생 울타리로 서 있지만 자식은 울타리인 척한다는 것. 엄마는 세상에 온 내게 산책 길이 되어준 것이다. 엄마가 나의 산책 길이었다면 나는 참 모진 발로 걸은 사람이다. 엄마를 자주 숨 막히게 했다. 울게 했다.

엄마는 강하고 부드럽고 헌신적이고 고독한 사람이었다.

엄마가 고독했다는 것을 안 것은 엄마와 산 지 40년도 훨씬
지난 요즘이다. 엄마 혼자 견딘 고독은 심연의 항아리여서 근
접도 할 수가 없다.

　엄마와 밥 먹으러 말고, 목적 없는 산책을 자주 해야겠다.
아니 최소한은 꼭 해야겠다. 엄마가 굽은 허리로 펴지지 않는
무릎으로 마른 몸으로 걷다가 "이 꽃 좀 봐" 그럴 때, 내가 애
기 때 엄마가 그랬던 것처럼, 이미 보고 있는 시선이 되어야겠
다. 엄마의 산책 어딘가에 그늘을 가진 나무로, 나무의 바람
으로 있어야겠다.

스스로 사랑을 도둑맞지 말라

월정·파파·생일케이크

월정사로 이르는 길을 꽤 여러 번 걸었다. '천년의 전나무 숲길'이라고 널리 알려진, 아름답고 고요한 그 길 말이다. 봄에도 걷고 여름에도 걷고 가을에도 걷고 겨울에도 걸었다. 손과 발까지 내려놓은 기분으로 걸었고 내 그림자와 나란히 걸었고 모르는 사람들의 웃음을 따라 걷기도 했다. 폭풍에 꺾인 고목 옆에 한참을 서 있어본 적도 있고 전나무 숲 안쪽에 놓인 벤치에서 한낮이 가도록 앉아 있던 적도 있다. 전나무 숲길에 들어서면 서늘했다. 서늘하면서 환했다. 부드러웠다. 부드러우면서 깊었다.

휴식이 필요할 때, 위로가 필요할 때, 더 정확히는 다시 나를 '자연'으로 돌려놓고 싶을 때 일부러 월정사로 이르는 전나무 숲길을 찾아갔다. 전나무 향기와 새소리와 물소리와 빛과 그늘이 상생하는 숲길에 들어서면 어느 순간 나도 '자연'이 되었다. 스스로 그러한 방향이 있다는 것, 처음과 끝은 가장 가까운 것일 수도 있다는 것, 전나무 숲길을 걷는 시간이면 둥근 그 방향과 만나는 듯했다.

봄에는 오랜 명상에 잠겨 있는 듯한 전나무 사이에서 연둣빛 잎들을 보는 순간이 좋았다. 성숙한 초록의 잎들보다 눈뜨기 시작한 연둣빛 잎들을 볼 때가 더 두근거렸다. 초록은 절정의 시간이지만, 가까이 가면 흔적도 없이 사라질 것 같은 연둣빛은 시작의 시간이다. 시작의 시간을 맞이하는 그들에게 방해가 되지 않도록, 소란스럽지 않도록, 봄에는 좀 더 가만가만 걸었다. 내내 생각에 잠겨 있어 더 깊어진 전나무와 연둣빛 잎들이 함께 나타나는 전나무 숲길을 걷고 나면 엄마 품에 안긴 아기처럼 회복되었다.

눈이 펑펑 내리는 겨울날도 만났다. 도착했을 때는 내리는 눈에 발목이 잠길 정도였는데 한 시간 만에 무릎까지 빠지게 되었다. 눈 속에 무릎까지 푹푹 빠지는 경험은 참 오랜만이었다. 기억으로는 초등학교 때 말고는 없었던 것 같다. 눈을 '밟는' 것이 아닌, 눈에 '빠지는' 경험은 사뭇 다른 느낌이다. '밟는다'는 것이 눈이라는 시간을 스쳐 지나간다는 느낌이라면, '빠진다'는 것은 눈이라는 시간을 짧은 순간이나마 발이 붙잡았다는 실존의 느낌이다. 삶이라는 시간을 스쳐가는 존재인 인간이 잠시나마 삶을 붙잡아봤다는 느낌. 그 순간에는 구불구불 흰 눈을 입고 있는 사방의 전나무도 그러하다고 동조해주는 듯했다.

띄엄띄엄 눈이 내리던 날에는 스님들을 만났다. 저물녘이

었는데 저만치 스님 몇 분이 걸어가고 있었다. 겨울 전나무 숲
길과 스님들은 잘 어울렸다. 흐린 날도, 흐린 날에 잠겨 있는
전나무도, 스님들도 한 색이었다. 자연스럽게 희미해지는 그
색은 '무욕'의 방향을 닮았다. 무욕은 비로소 인간다움에 가
까워지는 것이다. 최소한의 욕망만을 가짐으로써 자신을 간
결하게 만들어가는 것이다. 비워가는 것이다. 나는 이 간결한
비움을 스님들의 등에서 알게 되었다. 스님들의 등은 묵언의
경구다. 제주의 어느 절에 갔을 때다. 무심코 대웅전을 지나
가던 나는 독경을 외는 젊은 스님 옆에서 막 절을 하기 시작하
는 노스님을 보게 되었다. 좀 더 정확히 얘기하면 거동이 불편
해 보이는 노스님의 등을 보게 되었다. 내가 만난 노스님의 그
등은, 자신의 생애를 한곳에 쏟은 존재만이 가질 수 있는 삶의
화석이며, 모든 번민을 관통한 후 남은 고요였다. 그러나 내
가 그 등에서 내내 눈을 뗄 수 없었던 것은, 그 등이, 고요한
등이어서가 아니라, 하나를 참구한 자만이 가질 수 있는 등이
었기 때문이다. 노스님의 '적멸'에 가까운 등을 바라보는 동
안 '저런 등 하나를 가질 수 있을까'라는 반문은 '저런 등 하나
를 갖고 싶다'는 원(願)으로 바뀌어 있었다. 노스님의 등은 간
절한 바람은 '무조건'에서 나오며, 실패라는 두려움을 넘어서
게 또는 잊게 만든다는 것을 알려주었다.

　월정사 성보박물관에 가면 좌선하는 자세로 열반에 드신

막막할 때, 나 또한 자연이라는 것을 잊어버렸을 때,

묵언에 가까워지고 싶을 때 이 길에 올 것이다.

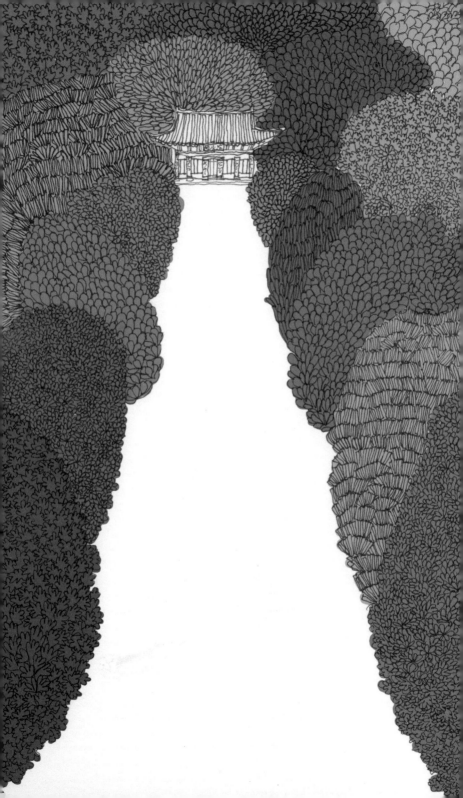

한암스님의 사진을 친견할 수 있다. 서울 봉은사 조실로 추대 받아 잠깐 머물다 "차라리 천고에 자취를 감추는 학이 될지언정 삼춘(三春)에 말 잘하는 앵무새가 되지는 않겠다"는 말씀을 남기고 오대산 상원사에 들어오신 후 27년간 산문을 나오지 않으셨다는 한암스님. 좌탈입망(坐脫立亡)으로 열반에 든 그 모습을 보는 순간 한없이 슬펐다. 그리고 깨끗해졌다. 말끔해졌다. 높은 정신의 수행자의 모습에 경건한 마음이 절로 드는 동시에 '몸은 저렇게 벗는 것이구나'가 느껴졌다. 느낌을 정확하게 전달하기는 어렵지만 어디 하나 가로막힌 곳 없이 입적하신 모습. 속세의 관점에서 본다면 매우 가팔랐을 곳으로만 정신과 몸을 옮겼을 참된 구도자의 모습은 인간이 참구해야 할 방향을 알려주는 듯했다. '어느 순간에도 인간은 자연의 방향을 몸 안에 넣고 있다. 그것을 잊지 말라'는.

앞으로도 문득문득 월정사 천년의 숲길을 걸을 것이다. 전나무 숲길로부터 한암스님의 좌탈입망 모습까지 걸을 것이다. 막막할 때, 나 또한 자연이라는 것을 잊어버렸을 때, 묵언에 가까워지고 싶을 때 이 길에 올 것이다. 모성이 깃든 전나무 숲길을 걸어볼 것이다. 걸으면서 달의 근원, 월정(月精), 그 빛의 근원을 가늠해보도록 애쓸 것이다. 그러다 어느 순간 고요와 부딪친 내 내부의 소리를 들어볼 수 있으면 좋겠다. 느닷없이 몸속에서 절 한 채가 떠오르는 순간을 만나게도 되면 좋겠다.

교황(Papa)께서 다녀가셨다. 교황님은 내가 바라보는 방향의 가장 먼 곳에서 나타나는 분이시다. 2014년 8월 14일부터 18일까지 5일 동안 우리나라 여러 곳에서 그 분을 보았다. 교황님은 내가 아는 한 가장 순진한 얼굴을 가진 분이시다. 세상의 문법으로 보면 참으로 힘이 없는 순진함이 세상의 빛이 될 수 있다는 것을 믿게 만들어주는 분이시다. 가톨릭 신자도 아닌 내 앞에 날마다 기도라는 말을 놓아주신다. 양심이라는 박동이 무엇인지를 뒤척이고 알아가게 해주는 분이시다. 내 난폭한 얼굴을 순진한 얼굴로 자꾸 돌려놓는 분이시다. 인간이라는 증명은 이때만 가능하다는 것을 온화하게 깨우쳐주는 분이시다.

교황 즉위 첫날 미사에서, "세속적 가치를 앞세운다면 우리는 주교일 수도, 사제일 수도, 추기경일 수도, 교황일 수도 있지만 예수의 제자는 아니게 된다"고 말씀하셨을 때, 부활절을 앞둔 성목요일에 사제, 남성에게만 행하던 관례를 깨고 여성과 이슬람교가 포함된 소년원 아이들에게 세족식을 해주시며, "희망을 도둑맞지 말라"는 말씀을 하셨을 때, 나는 속수무책으로 울었다. 희망을 도둑맞은 것은 바로 나 자신이었으며, 높이, 멀리 던지라고 있는 것이 정신임을 잊은 채, 세속적 가치만을 묻고 있던 나의 황폐함을 보았기 때문이다.

호르헤 마리오 베르골리오. "세상 끝에서 데려온 사람." 청빈한 아시시의 성인 프란치스코를 교황 즉위명으로 택한 첫 예수회 소속 교황. 최초의 남미 교황. 일반 사제 앞에 무릎을 꿇고 공개적인 자리에서 자신의 죄를 고해한 첫 교황. 언제나 고통받는 약자들부터 돌보시는, "참된 권력은 섬김"이라는 교황. "저를 위해서 기도해주십시오"라고 청하시며, 늘 낮은 곳에 임하시는 교황.

낮은 곳에 임한다는 것은 무엇을 뜻하는가. 누구나 낮은 자리에 나타날 수는 있을 것이다. 임한다는 것은 단순히 높은 곳에 있던 자가 그 자리에 나타나는 것이 아니라, 그 자리에 다다르는, 즉 기어이 닿는 것이다. '닿음', '깃듦'은 모습 안에 담긴 진심만이 할 수 있는 일이다. 무형의 그것만이 낮은 자리를 "거룩한 땅"으로 만든다. 참 이상한 것이다. 똑같은 행위를 한다고 해도 마음은 매우 정확하게 전해진다. 그것은 언어로도 전환되지 않는 것이며 전환될 수 없는 것, 그래서 무엇으로도 대체될 수 없는 최초의 그리고 최후의 전달 도구라는 것을 우리는 알고 있다. 교황님이 늘 넘치게 사용하시는 "참된 권력"은 진심으로, 그러니까 온 힘을 다해, 온 마음을 다해, 모든 방법을 동원해 약자의 편에 나타나는 것이다. 척박한 땅에 나타나지 않는다면 그것은 신의 모습이 아닐 것이다. 사랑이 아닐 것이다. 또한 인간의 마음은 아닐 것이다. 우리도 굳이 인간일 필요까지는 없을 것이다. 교황께서는 말씀하신다. "우리는 양들과 똑같은 냄새를 지니고 있어야 합니다." '삶'이라는 지상의 나눔은 서로가 '같은 냄새'를 갖게 되는 것이다. 양의 냄새는 분명 양의 것이지만 양을 돌보는 자의 것이 되기도 하므로.

순진한 양의 냄새를 가진 목자께서 고통과 좌절과 슬픔에 휩싸인 우리나라에 다녀가셨다. "하느님은 힘이나 권력이 아닌, 갓 태어난 아기처럼 부러질 듯한 연약함 속에서 모습을 드러내십니다." 우리에게, 우리 스스로 '사랑을 도둑맞지 말라'는 복음을 전해주러 오셨다고, 교황님은 나의 순진한 믿음을 더욱 단단하게 해주셨다.

6월은 붉은 장미가 가지고 갔다. 7월은 그해의 4월과 항상 같은 요일로 시작한다. 4월은 이제 슬픈 달이 되었다. 2016년의 4월 1일은 금요일이었다. 7월1일도 금요일이다.

떨어진 장미 꽃잎들. 일어서며 세상에서 가장 연한 다리가 된다. 얼굴과 몸통이 없는 홍학의 얇고 긴 다리가 된다.

자. 이제. 춤을 출 준비가 되었는가.

7월과 8월은 나란하다. 서로는 남은 반쪽이다. '아직도 뜨거움'이다. 살바도르 달리의 〈불타는 기린〉에서와는 다르게 몸의 서랍을 열지 않는다. 뜨거움은 안에 있다. 뜨거움은 충실한 시간. 안과 밖의 몰두는 서로를 향한 기도. 뜨거움은 적막 한 가운데.

생일케이크를 들고 한여름 한낮을 걸어갔다. 너에게. 나는 다리만 남은 4월이었다. 너는 다리만 생겨난 7월이었다. 횡단보도 앞에 멈췄을 때. 다리들의 수군거림. 모두 얼굴을 갖고 있

지 않아 서로의 얼굴이 없는 줄 아무도 몰랐다. 붉고 가는 다리
들. 길 한 가운데에서 스치며 서로의 이쪽과 저쪽을 바꾼다.

하늘을 향해 얼굴을 구석구석까지 펴든 것이 연잎일까. 넓
은 연잎 한가운데를 받치고 있는 가늘고 긴 초록 다리를 보았
다. 다리 안에 뚫려 있는 구멍은 땅속 줄기의 구멍과 통한다고
들었다. 다리는 붉음 전이었을까. 붉음을 지난 후였을까.

자. 이제. 슬픔의 춤을 출 자세가 되었는가

허공에서 주르륵 쏟아지는 모래들. 뜨거운 이 시간은 홍학
의 목구멍. 진흙 위로 솟아오른 연잎의 대궁 속. 울컥하고 걸
리는 것. 내게 건넨 너의 생일케이크 한 입. 꽃잎처럼 달라붙
는 것. 뜨거운 슬픔.

한여름은 벌집이지. 벌집마다 없는 얼굴을 구겨 넣는 반복
을 거듭하지. 저편에서 보면 스타킹을 뒤집어쓴 것처럼 우스
꽝스럽지. 이 순간이 이쪽부터 저쪽까지 이어지고 있지. 끝나
지 않는 4월의 고난주간처럼.

상자, 거울, 골목, 건축무한육면각체

막다른 골목

이상의 시 「오감도」 시제 1호는 이렇게 시작한다.

13인의 아해가 도로로 질주하오.
(길은 막다른 골목이 적당하오.)

그리고 이렇게 끝난다.

(길은 뚫린 골목이라도 적당하오.)
13인의 아해가 도로로 질주하지 아니하여도 좋소.

얼핏 보면 말 바꾸기 놀이 같은 이 네 문장에 '이상 세계의 핵심'과 '한국시의 전위'가 들어 있다. 조금 거칠고 단정적인 의견인 것은 사실이지만 결코 과장은 아니다. 이상은 맨 처음 시작의 두 문장 안에서 도로, 길, 골목 이라는 세 가지 말을 사용한다. 이 셋의 사전적 차이는 넓이 정도다. 물론 단순히 넓이 때문에 이 세 가지 단어를 쓰고 있지는 않다.

잘 닦여진 일반적인, 예측 가능한 길인 "도로"는 "질주"하는 순간 "막다른 골목"을 내장한 "길"이 된다. 질주하는 시간에 나타나는 것이 막다른 골목이다. 질주가 시작될 때 모든 길은 막다른 골목이 된다. 질주라는 준비되지 않은 미래는 몸에서 벗어난 몸이 먼저 턱턱턱 부딪치는 막다른 골목이다. 그러므로 질주는 막다른 골목을 뚫린 골목으로 만든다. 뚫린 골목에서는 더 이상 질주를 떠올릴 필요가 없다. 뚫린 골목은 이미 몸이 뚫고 나간 시간이기 때문이다.

그러니까 이상의 시에서 "막다른 골목"은 살아내는 수동태로서가 아니라 살아가는 능동태로의 존재가 놓이는 처소이다. 수동태와 능동태로서의 전혀 다른 시간은 "적당"이라는 말에서 명확하게 드러난다(흔히 적당을 대충이라는 뜻으로 잘 사용하지만, "적당하다"는 말은 마땅하다는 뜻이다. 넘치지도 모자라지도 않는다는 뜻이다. 사실 이 말만큼 무서운 말이 없다). 이 시에서 '적당하다'는 전혀 다른 뜻으로 쓰인다. "막다른 골목이 적당하오"에서는 당위다. 그 수위가 유지되어야 한다는 '반드시'의 의미가 포함되어 있다. 반면 "뚫린 골목이라도 적당하오"는 더 이상 문제가 되지 않는다는 불필요를 뜻한다. 즉 막다른 골목은 존재의 필연이지만, 뚫린 골목은 존재에게 더 이상 어떤 영향을 미치지 못한다는 뜻이다.

한 편의 시 안에서 같은 단어를 전혀 다르게 써서 언어의 '안과 겉'을 보여주는 힘. 유사한 문장만을 가지고 세계의 역

전을 보여주는 힘. 모든 움직임은 '도저히'라는 정지 상태에서 시작된다는 것을 언어로 증명하는 힘. 모든 것을 다 뚫고 들어가 끝내 남은 원형까지를 확인시키는 힘. 조사 하나로 우리가 알고 있는 일반론을 전복시키며 세계의 본질을 꿰뚫는 이 놀라운 아이러니라니!

뚫린 골목에서 막다른 골목으로 질주하는 것이 아니라 막다른 골목에서 뚫린 골목으로 질주하는, 아니 막다른 골목을 뚫린 골목으로 만드는 '불가능'의 힘. 1934년 이상이 스물다섯에 쓴 시가 아직도 현대시의 최극단, 전위로 있는 까닭이다.

이상의 얼굴

올해는 2010년이다. 이상은 1910년에 태어났다. 백 년은 그리 긴 시간도 아니다. 이상은 28살에 요절했고 그 후 70년 동안 부재하는 이상은 강력하게 살아 있다. 이상을 신화라고 하면 신화고 천재라고 하면 천재다. 이상을 신화로 해석하면 신화가 된 이상밖에 보이지 않는다. 내게 '이상'은 '이상의 언어'와 동의어다. 신화가 되기에는 그의 언어는 너무나도 철저하게 현실에 발을 붙이고 있다. 내가 만난 이상은 신화인 천재인 이상도 아니다. 가장 치열하게 삶을 살며 가장 구체적인 언어를 만들어낸 시인으로서의 이상이다. 거울을 보는 자만이 거울을 볼 수 없다는, 비극에 가장 가까이 간 자만이 치명적인 아름다움을 본다는 것을 알려준 시인으로서의 이상이다.

'난해하다, 말장난 같다, 실험적이다'라고 이상의 시를 말한다. 이런 의견을 두고 어떤 이는 이상 시의 표면만 보았기 때문이라고 한다. 직관과 감각으로 꿰뚫어본 아이러니의 세계를 단순히, 언어유희라고 말할 수 있는지 되묻는다. 난해하고 장난 같다는 말은 이상이 쓴 작품들처럼 사실이기도 하고 오해이기도 하다. 이상 시의 생명력은 난해함에 있다. 그러나

206

그것이 전부라고 생각한다면 그것 또한 정말 오해다. 이상의 시는 언어를 따라 읽으면 간명하다. 그의 언어는 "기침이 난다", "기가 탁 막힌다"(「행로」)라고 솔직하게 쓴다. 그는 위반을 살면서 위반을 직시한다. 막다른 골목은 끝이 아니라 기어이 당도한 곳이다. 시선을 피하지 않는 자만이 도착한 곳이다. 그러므로 그는 정직하게 쓴다. "내가 이미 오래전부터 생활을 갖지 못한 것은 나는 잘 안다. 단편적으로 찾아오는 생활 비슷한 것도 오직 '고통'이란 요리뿐이다. 아무리 찾아도 이것을 알려준 사람은 한 사람도 없다."(「공포의 기록」)

이상은 여전히 가장 많이 연구되는 텍스트다. 여러 해석과 풍문을 생산해내며 읽히는 텍스트다. 모자를 삐딱하게 눌러쓰고 푸르스름한 눈빛 속에 칼날 이미지가 들어 있는 이상. 「오감도」를 읽으며 왜 뛰는지의 의미를 묻는다면 이상의 시는 난해하다. 그러나 질주라는 말 속에 뛰는 이유는 이미 넘쳐나지 않는가. 뛸 만하니까 뛴다. 아니 이유 없이도 뛴다. 그게 완벽한 이유다. 이상이 모던보이인 이유.

경복궁역 2번 출구로 나와 백 미터쯤 올라가면 우리은행이
있다. 우리은행 옆 골목으로 들어간다. 골목으로 몸을 넣는
순간 도로의 소음이 거짓말처럼 사라진다. 좁은 골목의 양쪽
은 작은 가게들로 빽빽하다. 오른쪽의 '북촌'이라는 음식점과
왼쪽의 '나래음악교습소' 사이로 난 골목으로 빠르게도 그렇
다고 느리게도 걷지 않는다. 그 골목은 내가 가진 자연스러운
속도로 나를 걷게 한다.

오십 미터쯤 걸었을까, 오른쪽에 연두색과 초록색으로 나
란히 붙은 간판이 나온다. '효자서당'과 '사계화'. 사계화 밑에
는 작은 글씨로 "승복, 양장"이라고 적혔다. 사계화 바로 옆
에 전봇대에는 골목의 외침처럼 복잡하게 얽힌 전깃줄이 사
방으로 흩어지고 있다. 효자서당과 사계화 간판 사이의 아래
벽에 오래된 푯말이 하나 붙어 있다. 종로구 통인동 154-10
18통 9반. 그리고 그 아래 새 푯말 누각길 16.

이상이 세 살 때부터 스물세 살까지 살았다고 알려진 백부
의 집이다. 이상의 집 앞에 선다(물론 이곳은 이상이 살았던 당시의
그 집은 아니다. 엄밀히 말하면 그가 살았던 집터의 일부다). 이유 없이
두근거린다. 이상을 좋아하는 이들처럼 오래되어 검어진 기

와에서 이상의 얼굴을 떠올려보기도 한다. 이상의 시를 내가 가는 길의 가장 극단에 놓고 있어 찾았다. 어떤 겹침 같은 것. 1931년의 이상의 발자국 위에 내 발자국을 겹쳐보는 '흉내'를 낸다. 그 순간 나타났다. 이상의 골목. 아니 이상!

손가락을 셋이나 잘린 이발업 하는 아버지와 이름도 없는 곰보 엄마 사이에서 태어났다. 3살 때부터 백부 집에서 얹혀 살았다. 서울 한복판을 가로지르며 학교를 다닌 모던보이였다. 20년 만에 부모 곁으로 돌아왔지만 객혈을 시작했다. 기생을 사랑하고 신여성을 사랑했다. 자유와 정조 사이에서 "암만해도 나는 19세기와 20세기 틈사구니에 끼어 졸도하려 드는 무뢰한"(「편지」)인 것 같은 괴로움과 해방감을 동시에 느꼈다. 길지 않은 시간 동안 "나는 24세 어머니가 나를 낳으시드키 무엇인가를 낳아야겠다고 생각"(「육친의 장」)하며 시와 소설과 수필을 쓰며 치열하게 살았다. 그러면서 늘 삶을 살지 않는다고 느꼈다. 사상불손이라는 혐의로 조사를 받다 폐결핵이 악화되어 동경제대병원에서 생을 마감하기까지, "날자 날자 한 번만 날자꾸나", "한 번만"의 벼랑의 뜨거움과 차가움이 함께 든 몸이었다.

보들레르의 시 「알바트로스」의 한 구절, "거대한 날개 때문에 걷지도 못한다"에서 "거대한"에 방점을 찍는다면 기형이 되고, "날개"에 방점을 찍으면 신화가 된다. 거대한 날개, "박제가 된 천재"는 본인의 입장에서 보면 기형이다. 이상의 날개는 기형이다. 절망이며 고통이다. 그러므로 "부축할 수 없는 절름발이"(「지비」)였던 기형의 삶과 시선은 그 자신의 입장에서 보면 지극히 당연한 것이었다.

13인의 아해가 도로로 질주하오

고등학교 때 이상을 많이 좋아했다. 이상이라는 신화를 좋아했는지 막연하게 이상의 언어에서 감지되는 반항을 좋아했는지는 모른다. "13인의 아해가 도로로 질주하오"라는 한 문장은 내게 강력한 주문이었다. 알 수 없는 공포가 찾아오면 이 한 문장을 반복해서 중얼거렸다. 그러면 길은 보이지도 않는데, 보이지 않는 길이니까 뛰고 싶은 욕망이 생겼다. 지상의 시간은 원래 그런 것이 아닐까 생각되었다. 무중력이 아니라 중력의 몸으로 딱딱한 것을 치고 나갈 수 있을 것 같은 느낌. 이상의 한 문장을 통해 허공은 물렁물렁한 것이 아니라 딱딱한 것임을 알았다. 매 순간 몸이 딱딱한 허공을 뚫고 가고 있다는 느낌. 더 이상 갈 곳이 없다기보다는 비로소 골목다운 골목이 나타났다는 느낌. 몸의 처소, 벽과 벽 사이.

13인의 아해는 무서운 아해와 무서워하는 아해와 그렇게 뿐이 모였소.(다른 사정은 없는 것이 차라리 나았소.)

무서운 아해와 무서워하는 아해, 나는 무서운 아이, 나는 무서워하는 아이. 나는 무서운 아이, 너는 무서워하는 아이,

더 이상 갈 곳이 없다기보다는

비로소 골목다운 골목이 나타났다는 느낌.

몸의 처소, 벽과 벽 사이.

너는 무서운 아이, 너는 무서워하는 아이……. 끝나지 않는 역할 바꾸기 놀이처럼 이렇게도 저렇게도 중얼거렸다. 나는 무섭다고 해도 되고 무서워하는 편에 서도 된다. 어쩌면 저 애는 무서워서 무서워하는 아이가 될 수밖에 없었을 것이다, 그것은 딱딱한 허공을 뚫고 살아가야 하는 존재에게는 당연한 것이 아닐까, 여러 생각을 하게 되었다. 그러면서 더 이상 뚫린 골목이냐 아니냐는 중요하지 않게 되었다. '삐딱할 때 진정한 날개다'라는 생각을 가져다준 것도 이상이었다. 시 쓰는 사람이 되고 나서도 잘 몰랐던, 최근에야 알게 된 것이지만, 이상의 아이러니에서 내 세계관은 출발하고 있다.

지금 생각해보면 그때의 역할 바꾸기 놀이 속에는 이미 무의식의 논리가 작동되고 있었던 것 같다. 행하는 주체로도 당하는 주체로도 읽힐 수 있다는 것. 무섭다는 말은 자해의 공포로도 가해의 공포로도 쓰이고 있다는 것. 스스로 무서운 아이는 무서워하는 아이다. 무서운 공포를 주는 아이가 있고 무서운 아이를 무서워하는 아이가 있을 수도 있다. 자해든 가해든 무서운 아이는 무서워하는 것이 있는 아이다. 어떤 무서움, 공포는 자신을 지키려는 보호색이다. 이 '무서운'과 '무서워하는'이라는 간명한 두 표현은 인칭을 바꿔가며 읽힌다.

상자, 거울, 골목, 건축무한육면각체

죽고 싶은 마음에 잡은 칼은 펴지지 않는다. 억지로 안에 떠밀어 넣고 참으면 어느 순간 내출혈이 뻑뻑하다. 피부에 생채기를 얻을 길이 없다. 갇힌 자수(自殊)로 체중은 점점 무거워지는, 안에서 벌어진 일이므로 나갈 길이 없는 밀봉의 아이러니(「침몰」). 지금 싸움을 하는 사람은 즉 싸움하기 전까지는 싸움하지 아니하였던 사람이라는 1초 전과 1초 후의 장난 같은 그러나 돌이켜지지 않는 아이러니.(「시제 3호」) 졸던 아버지를 보며 나는 나의 아버지가 되어 보았는데 나의 아버지가 되고 보니 아버지가 덧입은 아버지의 아버지가 또 덧입은 아버지의 노릇까지를 다 해야 하는 속수무책의 아이러니.(「시제 2호」) 큰 키의 나는 왼 다리가 아프고 작은 키의 아내는 오른쪽 다리가 아파서 내 성한 오른쪽 다리와 아내의 성한 왼쪽 다리로 한 사람처럼 걸어가면 절름발이가 된다. 그러나 병원은 무사한 세상이니 꼭 치료를 기다리는 병은 무병(無病)이 되고마는 역전의 아이러니.(「지비」) 나는 지금 거울은 안 가졌지만 거울 속에는 늘 내가 있다는, 벗어났다는 것을 인식하는 그러니 여전히 벗어나지 못하고 있는 존재의 아이러니.(「시제 15호」)

제가 생각하는 꽃나무에게로 갈 수 없는 꽃나무

벌판 한복판에 꽃나무 하나가 섰소. 근처에는 꽃나무가 하나
도 없소. 꽃나무는 제가 생각하는 꽃나무를 열심히 생각하는 것
처럼 열심히 꽃을 피워가지고 섰소. 꽃나무는 제가 생각하는 꽃
나무에게로 갈 수 없소. 나는 막 달아났소. 한 꽃나무를 위하여
그러는 것처럼 나는 참 그런 이상스러운 흉내를 내었소.

—「꽃나무」전문

꽃나무라는 존재가 나타나는 순간부터(그것은 나라고 언어라
고 사랑이라고, 또는 그 무엇이어도 좋다) 꽃나무는 제가 생각하는
꽃나무에게 갈 수 없다. 이것은 심리적 사실인 동시에 실제적
사실이다. 꽃나무가 존재하므로 생각은 시작된다. 이상향은
생각된다. 존재는 탄생하면서 지향이 생긴다. 꽃나무가 존재
하는 순간 존재에게는 지향이 생기고 지향이라는 시간은 존
재와의 간격이 있을 때야만 생긴다. 그러니까 꽃나무가 생기
는 순간 제가 생각하는 꽃나무가 생기지만 갈 수는 없는 현실
도 시작된다. 꽃은 갈 수 없음의 간격 사이에서만 핀다. 꽃나
무는 제가 생각하는 꽃나무를 열심히 생각하는 것처럼 꽃을
피울 수밖에 없다. 그러면서도 지향에 일치되지 못하는 괴로

움으로 꽃나무인 동시에 나인 나는 달아난다. 이상스러운 흉내. 꽃나무가 꽃나무의 흉내를 내는 것. 그러나 모든 시간은 이와 같다는 것.

뚫린 골목에서 막다른 골목으로

이상의 글을 읽으며 이상의 자취를 찾아봐야겠다는 생각이 든 적은 없다. 이상의 골목을 2010년 7월에 처음으로 걸었다. 열 몇 살 때 이상의 시에서 딱딱한 허공을 뚫고 나가는 방법을 보았듯이 다시 이 허공을 뚫고 나가는 힘을 얻고 싶은 것이다. 내게는 공포와 불안으로 들끓는 몸이 있고 이 몸으로 뚫고 나가야 할 허공이 있다. 그 허공 앞에 와 있다는 것을 나는 안다.

이상의 집 앞에서 한 발짝도 더 걷지 않았다. 걷지 않은 골목에서 배달 오토바이가 달려 나온다. 늙은 사내가 걸어 나온다. 아이들도 뛰어나온다. 이상의 집에서 조금 위의 왼쪽에서 골목은 살짝 구부러져 있다. 그 안은 더 이상 보이지 않는다. 골목이 얼마나 더 이어져 있는지도 가늠할 수 없다. 그러나 보이지 않는 골목은 모두 막다른 골목이라고 이상이 이미 알려주지 않았던가. 되었다. 다시 내게 막다른 골목이 나타났다. 나는 질주만 하면 된다. 적어도 턱턱턱 부딪칠 수는 있게 되었다.

- 이상의 구절에 일일이 인용 부호를 하지 않았다. 이상의 언어는 굳이 그렇게 하지 않아도 알아볼 수 있기 때문이다.
- 통인동 154-10: 2010년 이 글을 쓰는 말미에 나는 이렇게 썼다. 우여곡절을 거쳐 이상문학관 설립이 추진되다 무산된 상태다. 매물로 나와 있던 것을 2003년 김수근문화재단의 사무총장인 건축가 김원의 발의하에 재단 기금으로 어렵게 구입했다. 2004년 등록문화재 88호로 재정되었으나 1943년 다른 사람에게 팔려 신축되었었다는 사실이 밝혀지면서 원형이 보존되지 않았다는 이유로 2008년 문화재 등록이 취소되었다. 여러 해 애를 쓰던 김수근문화재단도 서울시의 외면 등 여러 사정으로 문학관을 더 이상은 추진을 할 수 없게 되자 다른 사람에게 매각한 것으로 알려져 있다. 예술가의 흔적을 찾아 골목을 찾게 만드는 힘, 문화는 다름 아닌 그것이다. 우리는 중요한 것을 계속 잃고 있다. 보이는 것이 아니라 보이지 않는 것을 지키는 것, 그것이 한 나라의 정체성과 근간을 만들어가는 것임을 너무 쉽게 놓치고 있다.

그 이후, 이상의 집은 2009년에 문화유산국민신탁이 첫 보전재산으로 매입하여, 재단법인 아름지기가 이상의 기일, 탄생일 행사 등 다양한 시도를 하며 관리, 운영해왔다. 그리고 올해로 그 기간이 만료되었다고 들었다. 이상의 집은, 안상수 디자이너가 집 위에 이상체로 걸어놓은 '이상'이라는 타이포처럼, 다시 한 번 허공에 떠 있다. 이상을 사랑하고 이상을 아끼는 적임자들에게 이 역할이 맡겨졌으면 좋겠다.

침묵 속에서 한 시간이 지나갔다

보다, 보다, 보다

오늘도 갤러리에 간다. 오늘 시 쓰러 간다는 말이다. 지상
에 온 나를 어떤 의미에서 자주 울게 만드는 살얼음 산책, 갤
러리 산책.

갤러리에 간다. 시를 본다. 내게 시를 쓴다는 것은 그림을
한 장 그린다는 뜻.
전시를 본다. 내가 세계와 소행성처럼 단독으로 충돌하는
시간이라는 뜻.

갤러리에서 보내는 시간은 늘 내게 묵언을 가르친다. 입 밖
으로 자신의 고통을 발설하는 것은 그것을 통해 그것을 잊는
또는 약화시키는 과정이라는 것을 다른 곳이 아니라 갤러리
에서 알게 된다. 고통을 말로 꺼내지 않으면 그것은 내내 자신
에게 머문다. 그런 시간 동안 고통이 열정으로 바뀐다는 것도
경험을 통해서 이미 알고 있기 때문에 통제가 되지 않는 내 목
소리를 듣게 되는 날에는 어김없이 갤러리에 간다.

이십여 년 동안 여전히 어슬렁어슬렁 전시를 보러 다닌다.

이십여 년 동안 여전히 어슬렁어슬렁의 태도를 갖고 산다와 같은 말이다. 나의 태도는 변하지 않았다. 다만, 쓰고 있던 모자를 던지는 순간, 그 모자는 날개가 된다는 것!

봄, 여름, 가을, 겨울 그리고 다시 봄

갤러리를 산책할 때 시간을 만난다. 갤러리로 가는 길은 두려움이라는 설렘이며 설렘이라는 두려움이다.

얼어붙은 눈이 많은 날에도 갤러리에 간다. 최초의 경험인 것처럼, 길들을 더듬더듬거리며 지나간다. 익숙했던 그래서 무심했던 길이라는 존재를 다시 생각하게 해주는 추위를 뚫고 간다. 겨울비 소리를 들으면서도 갤러리에 간다. 겨울비는 불편하다는 느낌을 지울 수가 없다. 겨울비 소리는 듣는 이로 하여금 심연으로 빠져들게 한다. 겨울비가 몰고 온 심연에서 매혹보다 두려움을 느끼는 것은, 그 심연이 모든 표정을 지워버린 겨울 속에 놓여 있기 때문이다. 그리고 봄이 온다. 새싹과 꽃들과 새들이 지상으로 몰려올 시간이 가까워진다. 대지로 나가면 혹시 나도 어느 순간 꽃 필 수 있겠다 생각되기도 하는 그 사이를 비집고 갤러리에 간다. 토닥토닥 내리는 봄비 속에서도 간다. 사방은 모두 연둣빛이다. 대지에 뿌리를 내린 것들의 빛을 따라 나비들도 날아오고 있다. 나비의 금방이라도 지워질 듯한 날개를 보는 일은 분명 경이로움에 속한다. 그 경이로움 안쪽으로 간다. 불두가 머리를 만들고 있는 골목을 지나서도 갤러리에 간다. 바람이 불면 불두도 흔들리고, 들고

어느 그림 앞에 멈춰 섰던 순간, 가슴이 뛰었던 순간,

빛이 촤르르 내려오던 순간. 식목. 좋은 작품을 볼 때마다

문득문득 몸 안으로 이 말이 떠오른다.

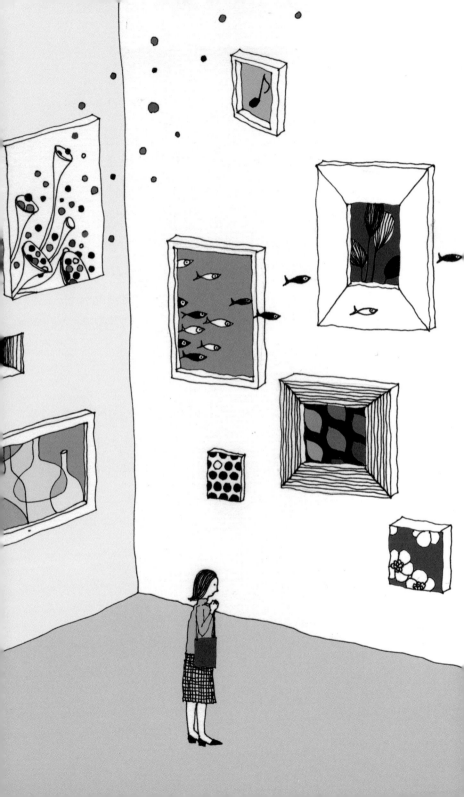

있기 무거워지면 불두들도 머리를 땅 쪽으로 떨군다. 바람이 불면 바람으로 흔들리고, 어둠이 오면 어둠으로 잠기는 흰색으로 만개한 불두를 지나 다시 갤러리에서 집으로 돌아온다. 늦여름에도 초가을에도 갤러리에 간다. 아직 초록의 잎을 매달고 있지만, 초록의 잎에 내려앉는 햇빛은 온통 가을의 것이다. 가을의 햇빛은 어딘가 바랜 흔적을 지우지 않는다. 가을 속에서만 제 소리를 내는 풀벌레들을 따라서도 갤러리에 간다. 아직은 지상의 나무들은 여전히 가을의 시간 속에 들어 있어, 단풍잎들은 사방에서 물들어 있고, 사람들은 단풍잎 사이로 다닌다. 길도 집도 모두 단풍 속에 들어 있는 길을 따라 갤러리에 간다.

집에서 갤러리로 걸어가며, 갤러리를 천천히 산책하고, 갤러리에서 집으로 오며 나는 비로소 지상의 시간을 안다. 갤러리는 늘 조금 이르게 또는 조금 나중까지 뛰는 심장이다.

갤러리 산책. 한낮에 밤의 적막을 마주 대하는 시간. 한낮에 적막의 안으로 자진해서 들어가는 일. 적막의 안이 찢어지지 않도록 걷는 일. 간혹 찢어진 적막의 벼랑에서 오도 가도 못 하고 서 있는 일. 간혹 밑도 끝도 없이 어떻게 이렇게까지 잔혹할 수 있나요, 적막의 밖에 대고 한낮에 대고 소리치고 싶은 일. 그러나 갤러리 밖으로 나오면 흘러내린 얼굴을 들고 사람 사이를 걷는 일이 그리 어렵지는 않게 되는 일.

흘러내린 얼굴을 상상한다. 녹색과 녹물이 엉켜 있을 것 같다. 눈코입은 박혀 있던 흔적처럼 뚫려 있을 것.

갤러리는 대부분 월요일에 휴관한다. 그래서 내게는 월요일이 휴일 같다.

최초의 갤러리를 기억하지 못한다. 취미로 따지자면 사진, 콘서트, 연극, 그림 순으로 매혹당했다. 대학 때부터 갤러리를 다녔지만 정기적인 산책으로 다닌 것은 대학 졸업 후였다. 시를 쓰기로 마음먹은 때와 비슷하다. 나는 그때 내게 새로운 시간이 왔음을 안 것 같다. 사람들이 와글거리는 세상을 살 때도록을 한 장 한 장 넘기며 그것이 내 세계라고 믿을 것임을 알아차린 것.

갤러리 산책에 몇 가지 습관이 있다. 가능하면 오전 시간에 간다. 주말은 피한다. 대형 전시는 맨 나중에 본다. 다시 한 번이라는 생각만 스쳐도 도록은 사고 본다. 전시를 볼 때는 골목을 한참을 걷고 나서 들어가고 보고 나서도 한참을 걷고 집으로 돌아온다. 이렇게 하루를 보내고 해가 저무는 것을 보는 것, 이것이 삶에서 가장 잘 보낸 하루다.

갤러리에 가면 몸이 온통 반짝거리고 미끄럽다. 작품들도 어둠도 미끄럽고 반짝거린다. 어떤 음 같기도 하고, 탯줄 같기도 하고, 잘라놓은 내 몸의 빛 같기도 하다. 미끄럽고 반짝이는 세계를 유영하는 존재들의 발자국이거나 숨소리 같기도 하다.

방을 쓰는 것이 아니라 방의 침묵을 쓰는 것. 보이는 것이 아니라 보이지 않는 것을 쓰는 것, 그림이 내게 알려준 것. 갤러리에 가는 것. 그리지 않은 것을 보러 가는 것.

어느 그림 앞에 멈춰 섰던 순간, 가슴이 뛰었던 순간, 빛이 촤르르 내려오던 순간.

식목. 좋은 작품을 볼 때마다 문득문득 몸 안으로 이 말이
떠오른다.

화랑과 갤러리 사이

　나는 화랑 세대도 아니고 갤러리 세대도 아니다. 두 단어 사이에서 버석거린다. '화랑에 간다'도 내 세대의 단어가 아니고 '갤러리에 간다'도 내 세대의 단어가 아니다. 그런 내가 제일 잘 쓰는 말은 그냥 '전시 보러 간다'.

　강남의 갤러리보다는 강북의 갤러리에 더 친숙한 편이다. 내가 주로 다니는 곳도 강북의 갤러리다(갤러리에 다니기 시작한 것이 강남에 갤러리들이 들어오기 훨씬 전이니 그때는 굳이 강북이라고 구분 지어 말할 만하지도 않았다). 인사동과 인사동에서 멀지 않은 사간동이 강북에서는 가장 큰 화랑가다. 강남에는 한 6~7년 전 쯤부터 청담동과 신사동 쪽에 갤러리가 형성되고 있다. 기업들이 자신들의 건물에서 자체 운영하는 화랑들이 꽤 여럿 있다. 그러나 지금도 나는 강남의 갤러리는 이상하게 안 가게 된다. 무엇인지 불편하다. 결코 나 혼자서는 진입하지 않았을 강남의 갤러리 타워를 친구를 따라 얼떨결에 따라갔다. 갤러리들이 한 건물 안에 밀집된 곳이다. 실험적인 전시들도 있었지만 갤러리 컬렉션이라는 타이틀로 전시를 하는 곳도 여러 곳. 정리되지 않은 작품들이 아무 연관 없이 놓여져 있다. 공통점은 국내외의 유명 화가들의 작품이라는 것. 예술을 장악한 자본이 적나라하게 보이기 때문에 여전히 나는 강남의 갤러리들이 불편하다.

비유적으로 말해 본다면, 강남의 갤러리는 집에 꼭 맞는 창들을 갖고, 집들은 대지를 파고 들어갈 것처럼 단단해 보인다. 창들은 닫혀 있고 그러나 닫힌 창은 어디에서나 상품으로 잘 기른 꽃들이 담긴 화분을 보여주는 예의를 잊지 않는다. 강북의 갤러리는 새로 지은 집들도 어딘가 집에 헐거운 창을 갖고, 집들은 대지로부터 떨어지려 하고 그러나 땅은 집들을 놓아주지 않는 이미지를 갖고 있다. 강북의 갤러리들에서는 꼭꼭 잠근 창들에서도 삶의 고단함이 지워지지는 않는다. 그러나 이렇게 인간이 막막함 속에 뚫어놓은 창은, 강북의 하늘 아래에서나, 강남의 하늘 아래에서나, 지상의 시간으로 환해지고 어두워진다. 그리고 우리는 모두 그런 지상의 시간 아래 머문다. 실제적 삶의 풍경이 그러하듯이, 같으면서도 다른 이미지를 강북과 강남의 갤러리는 가지고 있다.

나의 산책로는 주로 광화문을 중심으로 사방으로 다녔다고 해야 맞다. 광화문을 중심으로 해서 시청 쪽으로 해서 다닌 날도 있고(로댕갤러리와 시립미술관과 덕수궁미술관을 따라) 광화문에서 사간동 쪽으로 해서 삼청동으로 오르는 날도 있다(현대. 학고재, 국제 갤러리를 지나 삼청동에 새로 생긴 아트파크를 지나 삼청공원에 가서 염상섭의 동상 옆에 앉아 있다가 다시 삼청동 골목을 가로질러 내려온다). 인사동의 작은 갤러리들을 돌아다니기도 하고, 인사동에서 아트선재와 서울아라리오까지 다녀오기도 한다. 과천의 국립미술관을 다녀오기도 하고 천안의 아라리오 갤러리를 다녀오기도 한다. 나 혼자 추는 원무(圓舞).

영국식 미술

영국 화가들의 작품을 좋아한다. 프랜시스 베이컨의 뭉개
진 얼굴과 몸과 제 몸에서 나온 피를 섞고 캐스팅한 자신의 두
상에 다시 붓는 마크 퀸과 웅크리고 있는 태아를 집어넣고 반
으로 갈아놓은 플라스틱 배에 '버진 마더(The Virgin Mother)'라
고 이름 붙이는 데미안 허스트를 볼 때 심장이 뛴다. 가장 격
식 있는 복장을 하고 눈 하나 깜짝 안 하고 벌이는 충격적인
무엇 같다. 전통과 현대가 정면 충돌하는 느낌. 거기에서 근
원, 원형이 보인다는 느낌. 살도 가죽도, 흘러내리는 것은 다
보라고 하면서 다 보여주면서 끝내 사라지지 못하는 것도 보
라는 타협 없는 리얼리티. 그들의 잔혹은 뭉그러져내린 살에
있는 것이 아니라 사라질 수 없는 뼈에서 시선을 돌리지 않는
다는 데 있다.

그때 내 안이 삶이 어찌 이리 잔혹할 수 있냐고 물었을 것
이다. 얼마 전 진통제 속에서 내 속이 외친 말. 비몽사몽 상태
에서도 그것이 마음에 들었다. 적어도 나는 아직 반항하고 있
으니까. 까뮈의 글을 읽다 끔찍했다. '나는 이렇게 못 산다. 그
러다 그렇게 살고 있는 자신을 발견하게 된다는 것. 그리고 또

허무가 찾아온다. 그것은 다름 아닌 자신의 죽음이라는 것.'
그러니까 순간주의자인 나에게 순간주의자란 피하는 것이 아
니라 아무것도 아닌 나 자신, 즉 거울 속 너를 보라는 것이지.
흘러내리는 너의 살을. 너의 피를 뒤집어쓰고 있는 너의 머리
를. 얇은 날개가 포르말린에 말려져서 커다란 하트에 꽂혀 있
는 나비를. 그게 너라고.

어린아이거나 미치광이거나

마르고 자그만 한 남자가 무릎까지 오는 코트를 들어 머리에 쓰고 길을 건넌다. 그 길은 신호등은 없고 남자는 비가 막 오기 시작한 세상 속에 있다. 그의 얼굴에는 한없는 천진함과 한없는 막막함이 공존하고 있다. 빛과 어둠처럼 잘 스민다. 남자의 몸에서는 날개를 막 접은 새의 흔적이 남아 있다. 아니 날개가 없이도 날 수 있는 몸만이 가지는 흔적이 있다. 앙리 카트리에 브레송이 포착한 자코메티의 '결정적 순간'은 이러하다. 이 한 컷 속에 자코메티의 이미지가 고스란히 포착된다. 어린아이거나 미치광이거나. 자코메티가 평생 만들어냈던 그 앙상한 인물들은 어쩌면 제 안에서 꺼낸 자코메티들이었을 것이다. 예술가를 알려준 한 컷.

화폭 둘. 마음의 현실

1993년 사월. 호암갤러리. 미국 포스트모던 대표 작가 4인
전. 오규원 선생님의 뒤를 따라 1층에서 2층까지 작품을 봤
다. 오른쪽으로 돌았는지 왼쪽으로 돌았는지는 모르겠다. 어
느 작품 앞에는 오래 서 계셨다. 나는 내내 선생님의 약간 뒤
에서 선생님의 호흡을 따라 서 있었다. 대형 조각인 로버트 롱
고의 〈이 얼간이들아: 신 앞에 진실〉에서는 몸이 덜그럭거리
기도 했고 줄리앙 슈나벨의 깨진 접시를 붙인 초상 〈티나〉 앞
에서는 몸에 균열이 생기기도 했다. 갤러리는 조용했고 중간
중간 가이드들이 정물처럼 서 있었다. 선생님은 정물 곁을 지
나는 정물처럼 그들을 지나 다시 그림 앞에 섰다. 내게 말을
거는 순간은 없었다. 말없이 침묵 속에 한 시간이 지나갔다.

2009년 가을. 양평 문호리 최하림 선생님 댁 거실. 2층 서
재에 가서 어떤 보자기에 싸인 것을 가져오라고 하셨다. 그 안
에 중국 화가 예운림의 화집이 들어 있었다. 소파에 누워 계시
던 선생님이 일어나 앉으셨다. 그리고는 도록을 한 장 한 장
넘겨 보여주셨다. 말을 하시지 않고 손가락으로 도록을 한 장
한 장 넘겨주셨다. 선생님의 손가락은 어떤 순간에는 조금 오

238

래 머물기도 했다. 허공에 검은 새 한 마리가 날아가는 그림, 온통 풀이 흔들리고 있는 그림에서 선생님이 조금 더 오래 머무르셨다. 선생님 댁 커다란 창밖으로 일몰이 찾아오고 있었다. 바람도 찾아오지 않은 시간이었다.

선생님들이 가신 너머를 생각하지 않는다고는 말할 수 없다. 그곳이 자주 궁금하다. 선생님들은 이곳을 어떻게 넘어가셨을까. 이곳에서 저곳 사이 무엇을 보며 건너가셨을까. 소리하나 없는 침묵으로 내게 무엇을 보라고 하셨던 걸까. 선생님들이 너머로 가실 때 선생님들께 바싹 붙어 있었던 내게 너머라는 공간이 생겨났다는 것. 여기를 정신 차리고 보고 너머로 건너오라는 침묵의 말씀.

선생님의 발이 알려준 것. 선생님의 손이 알려준 것. 침묵의 안쪽. 어떤 외마디 길.